EL TIEMPO DESPUÉS DEL OLVIDO

LIBRO DE MITOS 1

JONNY CAPPS

Traducido por

NERIO BRACHO

Publicado en 2021 por Next Chapter

Arte de la portada por CoverMint

Editado por Santiago Machain

Textura de la contratapa por David M. Schrader, utilizada bajo licencia de Shutterstock.com

INTRODUCCIÓN

Cuando duermo, sueño. Dentro de esos sueños, me escoltan a otro reino. Trasciendo la realidad y entro en un mundo desconocido para la humanidad, que existe detrás de la barrera. Cuando era joven, solía aterrorizarme. No tenía claro cuál era la verdadera realidad y cuál era mi sueño. En mi adolescencia descubrí la verdad: mis sueños no eran verdaderos sueños, sino visiones de una dimensión para la que la humanidad no estaba preparada ni podía entender. Estaba viendo visiones de otro mundo, existiendo junto al nuestro.

Mientras canalizaba en este reino distante y vecino, el gran dios del sol, Ra, vino a mí una noche. Me dijo que había cosas que necesitaba que yo viera. Tomando mi hombro, voló conmigo sobre llanuras y aguas, revelándome cosas que nunca podría haber imaginado. Me mostró que los dioses del mito no solo eran reales, sino que existían con nosotros, guiando y controlando suavemente las culturas. Cuando me reveló estas cosas, me asombró lo que vi. Los grandes dioses de antaño, despiadados y salvajes, gobernaron a la humanidad. Su influencia estuvo en todo, desde el Parlamento hasta las caricaturas de los sábados por la mañana. Se quedaron detrás de la cortina, esperando el momento en que pudieran revelarse y provocar la destrucción de la era humana, guiándonos hacia una nueva era de la mitología. Ra me reveló que mi destino era preparar a la humanidad para este momento. Fui elegido como el escriba de los dioses y me correspondía documentar sus historias.

Mientras volamos sobre las colonias liliputienses (Jonathan Swift también era un escriba-dios) en las aguas del Atlántico, Ra sintió una gran fuerza debajo de nosotros. Trató de protegernos desviándose, pero ya era demasiado tarde. La diosa Hécate nos atacó con su magia oscura, golpeando a Ra. Ra luchó con sus poderes de dios del sol, pero había sido golpeado con demasiada dureza. Cayó hacia las aguas. Mientras caíamos, Hécate se apoderó de mí. Ella me advirtió que sería perjudicial revelar estas cosas a la humanidad. No estaban preparados para ver la verdad. No sería un escriba, sino un presagio de la perdición. La humanidad no podía conocer el funcionamiento secreto de los dioses. No me habían dado un regalo, sino una maldición, para ver estas cosas. Luego, me soltó para que cayera en picada hasta mi muerte en las entrañas del Kraken que había aparecido repentinamente debajo de nosotros, sus fauces salvajes aguardando nuestra inminente perdición.

Me desperté gritando. Scarlet Johansson me dijo que me callara y me volviera a dormir.

Obviamente, eso es una completa tontería. "El Mito" se inspiró originalmente en la escena treinta y dos de una mala película de los noventa.

Para ser claros, en realidad no creo ni adoro a estos dioses. Si alguien más quiere comenzar una religión basada en mis libros, estaría bien con eso. No espere que esté en sus reuniones.

—Jonny Capps

Dedicado al gato ladrón que se sienta por el lado de afuera de mi ventana

PRÓLOGO

Pasar a través de las Nieblas del Tiempo no es tan difícil como podría pensarse. Realmente, si uno simplemente se enfoca en su destino, es fácil navegar. Eso es, por supuesto, siempre que el destino no contenga distracciones. Inevitablemente, surgirán distracciones. Entonces, el viaje se vuelve más complejo, incluso, peligroso. Aun así, eso no es culpa del Tiempo. Los viajeros son los que deciden desviarse del camino sencillo en busca de aventuras, emociones u oportunidades. La mayoría todavía puede navegar su camino con cierta certeza, y la mayoría llega a su destino, más o menos, en una sola pieza. Después de todo, es la naturaleza humana sobrevivir.

En un rincón helado del Tiempo, se sientan tres hermanas. Se han sentado allí desde el principio y seguirán sentadas allí hasta que hayan terminado con su tarea. La primera es una hermosa joven rubia con ojos tan azules como el cielo y labios tan carnosos y rojos como fresas frescas, pero seguramente con un sabor dos veces más dulce. Ella comienza la tarea tirando del hilo. Apoyándolo, le pasa el hilo a su hermana. Esta mujer es de mediana edad y regordeta, pero con ojos que brillan con amor de matrona. Ella acepta el hilo y lo estudia. Continúa alejándola de la primera hermana hasta que encuentra un lugar exacto en la cuerda. Luego señala el área y pasa el hilo a la tercera hermana. Esta mujer, vieja, arrugada y con aspecto de anciana, no se complace en su tarea. Sus ojos vacíos no tienen ninguna emoción en absoluto mientras lleva la macabra navaja en su mano al área y corta el Hilo.

Una vez cortado el hilo, el proceso comienza de nuevo.

CAPÍTULO UNO

I

Una espesa capa de nubes, que presagiaba una tormenta que se acercaba, oscurecía el sol. El chillido ensordecedor de un ave carroñera atravesó el aire. Cualquiera que lo oyera sabría que indicaba una muerte reciente o inminente como si el ave estuviera diciendo una bendición sobre su comida antes de comer. Ni el hombre ni la bestia le importaban a las aves; solo sabía que el orden natural sería proporcionar una comida pronto.

Los habitantes de la ciudad costera, Aigio, conocían bien el sonido. Aigio era una ciudad costera en el golfo de Corinto. Su economía se basaba en la exportación de pescado y de frutas cultivadas en las colinas agrupadas alrededor de la ciudad. Como muchas ciudades, Aigio tenía sus atletas, sus herreros y carpinteros, pero su principal reclamo de notoriedad era la deliciosa fruta. Sin la exportación de frutas, la economía de la ciudad colapsaría. Esto hizo que la llegada de una bestia particularmente sedienta de sangre fuera aún más preocupante. La bestia, una quimera, se había situado entre el pueblo y su cosecha. Algunos hombres del pueblo arriesgaron dieron su vida a la bestia por el bien de la cosecha. Su sangre empañó el suelo. El desesperado alcalde de Aigio decidió subcontratar la tarea de lidiar con la bestia, en lugar de arriesgarse a perder más de sus residentes. Si los héroes tuvieran éxito en su empresa, unas pocas monedas serían un sacrificio aceptable para deshacerse de la molestia. Si (o, más probablemente, cuando) la bestia los matara, la ciudad conservaría su número. Quizás la bestia incluso consumiría lo suficiente para estar satisfecha por un tiempo, lo que permitiría a la ciudad cosechar su fruto por un breve tiempo.

Aunque, si presenciaran a la quimera devorando a los campeones, el alcalde dudaba que Aigio tuviera hombres lo suficientemente valientes como para intentarlo.

La bestia era enorme. Con el cuerpo de un león gigantesco, se encontraba a casi tres metros desde el suelo. Su cola era una pitón que se envolvía y giraba alrededor de los atacantes cercanos. Si no hubiera ninguna cerca, arrojaría fuego por la boca para incinerar a los atacantes a distancia. Sobre la cabeza del león, emergiendo de debajo de la melena y detrás de las orejas, brotaban cuernos de carnero, amenazando a quienes pensaban evitar la cola acercándose a la bestia desde el frente. Aquellos que no se dejaran llevar por los cuernos ciertamente se cansarían un poco con la línea dentada de navajas que se alineaban en el interior de la boca del monstruo, goteando saliva ácida. Sobre cada uno de los pies del monstruo había cinco garras largas y afiladas, capaces de destrozar a un hombre sin remedio con un simple movimiento. La bestia rugió, y quienes la escucharon vieron las puertas del Inframundo abriéndose para darles la bienvenida. Nadie con una pizca de cordura se atrevería a acercarse a este monstruo.

La cordura, por supuesto, no tiene lugar en el heroísmo.

"¡Pollux!" gritó un joven de complexión robusta con cabello largo y rubio, empuñando una espada larga. "¡Ve por la barriga! ¡Corta a la bestia para abrirla!"

"Ve por la barriga, Castor", gritó un hombre casi idéntico (sin tener en cuenta su cabello oscuro y trenzado y su elección del arma, siendo esta un mayal, en lugar de una espada). "¡No me voy a acercar a esas garras!"

"Te has vuelto suave", Castor ridiculizó a su hermano. "¡Hubo un tiempo en el que me hubieras corrido por la gloria!"

Con un salto rápido hacia un lado, Castor pudo bloquear un golpe de cola con el lado ancho de su espada.

"Oh, todavía voy a competir contigo", respondió Pollux mientras saltaba fuera del camino de una pata atacante. "¡Solo ganarás esta vez!"

"Yo ganaría de todos modos", gritó Castor.

"Σκατά!" Se lanzó hacia el suelo, evitando las mandíbulas atacantes.

"¿Se callarán ustedes dos? ¡Enfóquense!" un hombre moreno y apuesto, los reprendió. Estaba vestido con una coraza, grebas y una túnica dorada que le colgaba del torso.

Se abalanzó sobre el costado de la criatura con su propia espada, solo para ser bloqueado por una garra intimidante. "Orfeo, ¿hay alguna posibilidad de que consigamos algo de música para calmar esto pronto?"

"¡Lo estoy intentando, Jasón!" Orfeo, un hombre delgado y apuesto, de cabello castaño y rostro suave, respondió. "¡Este αηδιαστική σωρό από κοπριά rompió las cuerdas de mi lira! Dame un momento para arreglarlos".

"¡Date prisa!" Jasón gritó desesperado mientras eludía por poco las garras de una pata que golpeaba.

El último miembro del quinteto, el más grande y brusco del grupo, se lanzó con un gruñido a la cola de la bestia. La serpiente se retorció y azotó con rabia cuando el héroe la agarró por detrás de la cabeza con su enorme mano, paralizándola momentáneamente. Con su mano libre, el héroe aplastó la cabeza de la serpiente con una gran piedra. Una pequeña victoria, solo de corta duración. La pata trasera de la criatura se conectó con el torso del héroe, arrojándolo hacia atrás. Recuperándose, el héroe se sentó del suelo y gimió. La serpiente se estaba curando a sí misma y, en cuestión de segundos, lanzó una ola de llamas en dirección al atacante. Todo lo que el héroe pudo hacer fue caer al suelo y rodar fuera del camino, las llamas apenas le quemaron el pelo de la espalda.

La bestia se incorporó sobre sus patas traseras y dejó escapar un rugido monstruoso, escuchado por muchas leguas. Los héroes aprovecharon esta oportunidad, mientras la bestia estaba distraída, para reagruparse.

"Bravo, Hércules," reprendió Pollux al quinto héroe. "Sabías que la cola se curaría sola: ¡es una quimera! Todo lo que hiciste fue enfurecerlo".

"¡No te fue mejor!" Hércules respondió bruscamente. "¡Le he enseñado el significado del dolor!"

"No parece que se esté tomando muy bien el descubrimiento," murmuró Orfeo mientras trataba desesperadamente de encordar su lira.

La bestia regresó al suelo y apuntó al grupo de héroes. Bajó sus cuernos mientras se preparaba para cargar.

"¡Tengo un plan!" Jasón soltó. Se volvió hacia Hércules. "Lánzame sobre el monstruo," gritó.

Hércules no tuvo tiempo de pensar con la bestia atronando sobre ellos. Cuando el grupo se separó, zambulléndose fuera del camino de la carga de la bestia, Hércules agarró la túnica de Jasón y lo arrojó por los aires, hacia la bestia.

El pecho de Jasón chocó con el hombro del monstruo, su coraza lo protegió de la mayor parte del impacto. Agarró la melena de la quimera y aguantó mientras el monstruo se agitaba y se retorcía, intentando soltarlo. Jasón se subió rápidamente por la espalda de la quimera.

"Castor", gritó Pollux, dándose cuenta del plan de Jasón, "¡la cola!"

Castor levantó su espada por encima de su cabeza y la arrojó con precisión hacia la cola, justo cuando comenzaba a elevarse hacia Jasón. La punta de la hoja atravesó el cuello de la serpiente, obstruyendo el flujo de aire.

Pollux, que había estado cargando contra la bestia con su propia arma, se quedó paralizado. La serpiente se retorcía, intentando y sin poder desalojar la espada. Pollux se volvió y miró a su hermano con el ceño fruncido. El ataque de Castor había incapacitado efectivamente la cola.

"Tengo tu agradecimiento," Castor le devolvió la sonrisa. "Y la gloria".

"Debería haberle abierto la barriga," murmuró Pollux, frustrado.

La rápida acción de Castor le había dado tiempo a Jasón para ubicarse directamente detrás de la cabeza de la criatura. Una vez allí, su misión fue fácil. Jasón se quitó la espada de la cadera y clavó el arma profundamente en el cuello de la quimera.

La bestia se detuvo por un momento como si no estuviera segura de lo que acababa de suceder. Luego desperdició uno de sus últimos alientos restantes en un rugido indignado mientras echaba la cabeza hacia atrás con ira. Jasón usó todas sus fuerzas para aguantar mientras el monstruo se agitaba como para evitar la obvia eventualidad. Mientras el monstruo se enfurecía, Jasón sacó su arma y la hundió en otra área de la garganta expuesta de la criatura, con la misma profundidad. La sangre de la criatura corría densamente por sus muslos y piernas, salpicando su pecho y rostro mientras sacaba la espada y repetía el golpe tercera vez.

Con un ataque final, la bestia gimió. Luego se derrumbó de rodillas y finalmente al suelo.

Jasón se deslizó por la espalda ahora inmóvil de la bestia, arrastrando su arma detrás de él. Aterrizando en el suelo, limpió su espada en la hierba y recuperó la hoja de Castor de la cola ahora inmóvil.

"¡Somos victoriosos!" Hércules vitoreó mientras corría hacia Jasón. "¡Bien hecho, hermano!"

Jasón apenas tuvo tiempo de prepararse para la enfática palmada de Hércules en la espalda. Se puso de pie de nuevo y sonrió ampliamente a su emocionado camarada.

"¡Argonautas para siempre!" Castor gritó de alegría, con el puño izquierdo en el aire.

"¡Hasta el final!" Pollux continuó la ovación, copiando el movimiento de Castor con su puño derecho.

Los gemelos se miraron y golpearon triunfalmente sus pechos llenos de testosterona.

"Seguimos siendo argonautas, ¿verdad?" Jasón rió. "¿Incluso sin nuestro barco?"

Orfeo apartó la mirada de su lira momentáneamente. "La gente todavía cuenta nuestras historias, y en esas historias, somos los argonautas," dijo, sonriendo junto con sus compañeros. "Hemos hecho grandes hazañas que no olvidaremos pronto. Además, ¿no acabamos de demostrar que seguimos siendo campeones? Estoy de acuerdo con Castor: argonautas para siempre".

"¡Hasta el final!" Castor y Pollux completaron la aclamación al unísono, lanzando sus puños opuestos en el aire una vez más.

Orfeo se rió entre dientes. "Mi punto está hecho".

Jasón se rió mientras examinaba al grupo: Castor y Pollux, los gemelos Géminis, siempre opuestos entre sí, mientras que al mismo tiempo, complementaban los talentos del otro con los suyos propios; Orfeo, el maestro músico, tocando música con su lira que podía calmar a cualquier bestia; Hércules, el hijo de Zeus, el más poderoso de los mortales y un dios entre los héroes. Comparado con su compañía, Jasón se sintió casi inadecuado. Aun así, envuelto alrededor de su pecho estaba su propio premio, el legendario Vellocino de Oro. Los cinco eran todo lo que quedaba de los argonautas originales. Una vez, su número había llegado a casi cincuenta. El tiempo y la guerra habían hecho su voluntad, erosionando lentamente al grupo, reduciendo su número. Ahora, eran una mera sombra del elenco original. Aun así, cuando Jasón miró al pequeño grupo, sintió una profunda satisfacción. Quizás de verdad serían argonautas para siempre.

II

Lo habían conocido como el hombre de una sandalia.

No era un título que sonara impresionante (y un poco inexacto, ya que la mayoría de las veces usaba dos), pero quienes sabían lo que significaba lo respetaban y lo veneraban.

Jasón era el heredero del trono de Iolkos, puesto en el exilio por su propia seguridad cuando su primo Pelias asesinó a su padre, el rey Aeson, robando así el trono. Durante su reinado mal habido, un Oráculo advirtió a Pelias que sería asesinado por un pariente. El Oráculo también mencionó que debería tener cuidado con cualquiera que viera usando solo una sandalia. A partir de ese día, Pelias observó muy de cerca el calzado de la gente.

Jasón pasó los primeros veinte años de su vida bajo el entrenamiento de Quirón, el famoso centauro que también había entrenado a Hércules, en las montañas de Pelion. Esto estaba lo suficientemente lejos de Lolkos para evitar ser detectado por Pelias, quien seguramente habría matado a Jasón si hubiera sabido dónde estaba. Durante este tiempo, Jasón había aprendido a luchar con tantas armas como sabía Quirón (incluido el combate sin armas), a sobrevivir en la naturaleza y a montar y preparar caballos. Una vez que alcanzó la edad adulta, Jasón se dispuso a enfrentarse a su primo.

Justo en las afueras de Lolkos, había un río. Cuando Jasón se acercó, vio a una anciana sentada, luciendo desolada. Le preguntó por qué estaba tan abatida. Ella le informó a Jasón que tenía que cruzar el río, pero que no había puente en casi una milla y el agua se movía demasiado rápido para que una anciana pudiera cruzarlo. Seguramente se ahogaría. Jasón se ofreció a llevarla a través del río y la mujer aceptó su ayuda.

El río fluía rápidamente y el fondo del río era traicionero y estaba lleno de lodo. Jasón cargó a la mujer sobre su espalda, la aseguró y comenzó a cruzar. Aproximadamente a la mitad de su viaje, el pie izquierdo de Jasón se enganchó en algo y pateó violentamente para soltarse. Logró su objetivo y, pronto, tanto él como la mujer cruzaron a salvo.

Una vez en el otro lado, la anciana sonrió y se reveló a sí misma como la diosa Hera. Ella agradeció a Jasón por su heroísmo y caballerosidad, prometiendo velar por él durante su búsqueda. Jasón agradeció a la diosa y continuó su viaje a Lolkos.

Al llegar a la ciudad, Jasón solicitó una audiencia con el rey Pelias. Quizás su solicitud llegó con gran autoridad y confianza, o tal vez la bendición de Hera le otorgó un favor que fue evidente para todos, pero de manera inusual fue escoltado directamente a la sala del trono. Allí, se enfrentó al rey sin dudarlo. Los que estaban en la sala del trono estaban asombrados por la ferocidad del hombre extraño, su coraje y la forma culta con la que hablaba. Otros simplemente estaban cautivados por la musculatura ondulante de Jasón, su piel finamente bronceada y los rizos dorados que giraban desde su cabeza hasta sus hombros.

El rey Pelias no notó nada de esto.

Estaba demasiado distraído por el pie izquierdo descalzo de Jasón.

III

Después de la batalla, los héroes se separaron, cada uno con su propia vida. Orfeo anunció que iba a dar un espectáculo en una taberna cercana y, si alguno de ellos deseaba acompañarlo, él podría suministrar bebidas con una tasa de descuento. Si bien esto tentó a los hermanos Géminis, dijeron que también se comprometieron a regresar a Esparta con sus esposas, Phoebe e Hilaeira. Hércules se dirigía de regreso al Olimpo (además, la música de Orfeo siempre lo dormía), por lo que no podía acompañarlo. Jasón dijo honestamente que probablemente pudiera asistir, pero que en su lugar preferiría volver a casa de su esposa, Medea. Seguramente lo estaba esperando con una comida copiosa. Por lo tanto, la grupo se separó y prometió volver a reunirse pronto para ver qué aventuras depararía el mundo.

Dado que Jasón y Hércules tenían destinos en la misma dirección, caminaron juntos un rato. Jasón todavía se sentía bastante eufórico por el logro, pero Hércules parecía caminar con una nube sobre sus hombros. Caminaron principalmente en silencio, ocasionalmente participando en pequeñas charlas sobre el clima y la política local, temas que no les interesaban a ninguno de los dos. La tensión era demasiado pesada.

"Hércules," Jasón lo confrontó finalmente, "¿pasa algo?"

"No no". Hércules negó con la cabeza de manera poco convincente. "No es nada. Simplemente mis propios pensamientos".

Jasón se encogió de hombros y siguió caminando junto a su camarada.

A los pocos pasos, Hércules suspiró.

"¡Una quimera!" soltó. "¡Solo había una quimera, y casi nos superó!"

Jasón negó con la cabeza y se rió entre dientes, poniendo los ojos en blanco ante la ambición desenfrenada de Hércules. "Para ser justos," respondió, "era una quimera bastante grande".

"El tamaño no debería importar," refunfuñó Hércules. "Somos los argonautas. No debería haber ningún desafío demasiado grande para nosotros. Deberíamos estar derrotando ejércitos enteros, sin quedar paralizados por una sola bestia. ¿Recuerdas la isla de Lemnos?"

Mientras Jasón pensaba en la isla, poblada enteramente por mujeres hermosas, sonrió ampliamente. "Por supuesto que sí". Él rió. "Aunque, no veo cómo comer buena comida, beber el mejor vino y recibir ropa fina podría constituir un desafío".

"Esas mujeres habían matado a todos los demás hombres que habían conocido," defendió Hércules su afirmación. "Sin embargo, no mataron a los argonautas".

"¡Ni siquiera lo intentaron!" Jasón dijo, todavía feliz con el recuerdo. "Creo que simplemente se alegraron de ver a los hombres una vez más. Y si puedo recordarte —continuó, mirando a Hércules con las cejas levantadas—, creo que nos abandonaste poco después, cuando tu escudero se sintió atraído por esa ninfa del agua.

"Bueno, sí". Hércules bajó la mirada a la carretera con timidez. "Pero volví, ¿no es así? Sigo siendo un argonauta, y ese es mi punto. Si somos argonautas para siempre, entonces deberíamos proclamarlo".

Jasón suspiró mientras consideraba la realidad. Si bien su ejército improvisado de aventureros había sido en algún momento una fuerza a tener en cuenta, ahora parecía como si fueran simplemente una camarilla menguante. Algunos todavía contaban sus aventuras alrededor de fogatas y cantaban sus viajes en tabernas. Probablemente siempre lo harían. Sin embargo, la probabilidad de nuevas aventuras parecía disminuir cada día. Los héroes se fueron para buscar trabajo en otro lugar o para vivir una vida tranquila, libre de aventuras.

"Ambos Hombres Alados están muertos," dijo Jasón, con la cara cayendo hacia su pecho.

"Lo sé," respondió Hércules. "Me entristeció cuando me enteré de esto. Fueron grandes guerreros. Eso les pasa a los aventureros a veces. El riesgo de muerte viene con el territorio".

"Así es," coincidió Jasón, levantando la cabeza de nuevo para mirar a Hércules a los ojos. "Piensa, sin embargo: ahora somos hombres de familia, cada uno con una esposa que defender y cuidar. Si muriera en una aventura, ¿quién se preocuparía por Medea? Sé que esa fue la razón por la que Néstor se fue. Quería formar una familia, y no podía hacerlo si su vida estaba en peligro constante, como lo fue durante su tiempo con los argonautas".

Hércules arqueó una ceja. "¿Ese fue también el razonamiento de Eufemo?"

Jasón negó con la cabeza. "Eufemo decidió irse porque la política ofrece un salario más estable que las aventuras independientes. Si bien tú y yo tenemos nuestros recursos, no todos los demás son tan bendecidos. Algunos encontrarían más atractivo un salario fijo, como demostró Eufemo".

"Estaba débil". Hércules frunció el ceño. "El dinero no sustituye a la aventura".

"Oh", Jasón se rió entre dientes. "¿Debo decirle al alcalde de Aigio que se quede con nuestra paga?"

Hércules golpeó a Jasón en la parte posterior de la cabeza. "Ese no es el punto. Somos aventureros, somos campeones y, sobre todo, somos argonautas. ¡Argonautas para siempre!"

Con su puño en el aire, Hércules miró expectante hacia Jasón en busca de la alegría completa. Jasón lo miró con ojos arrepentidos.

"Sólo somos cinco ahora". Jasón suspiró.

"Entonces, tal vez deberíamos reclutar más miembros".

"Tal vez deberíamos dejar ir el sueño".

Hércules dejó de caminar abruptamente. Jasón caminó dos pasos más, luego se volvió para ver a su camarada mirándolo sombríamente.

"Solo dije lo que había que decir," se defendió Jasón.

El ceño de Hércules se profundizó. Jasón imaginó que podría ver vapor escapando de sus oídos y fuego a punto de salir de sus ojos.

"Todavía usas ese vellcino," gruñó Hércules.

Jasón hizo una pausa y pasó los dedos por las fibras doradas que componían su túnica improvisada. Entendió la acusación de Hércules. Mientras Jasón estaba sugiriendo que tal vez dejen de intentar ser héroes, su legado todavía estaba envuelto alrededor de su pecho, en lugar de colgarlo en una pared en su habitación o en exhibición en una vitrina de trofeos en su vivienda. Si bien la idea de paz y tranquilidad le atraía, la idea de quitarse el vellocino casi le causaba dolor físico. Todavía quedaba aventura en Jasón y, hasta que ese espíritu se calmara, no podría simplemente dejar que los Argonautas murieran.

"Está bien". Jasón retrocedió hasta donde estaba parado Hércules. "Estoy dentro. ¿Qué propones?"

Hércules sonrió, victorioso una vez más. "Bueno, como dijiste, cinco campeones no son suficientes. Deberíamos reclutar a otros. Creo que deberíamos formar una lista de posibles candidatos y proceder en consecuencia. Hay muchos héroes elegibles que estarían encantados de unirse a nuestras filas".

"Estoy de acuerdo". Jasón sonrió, cada vez más emocionado por la perspectiva mientras continuaban la discusión. "¿Vamos a la taberna donde toca Orfeo para discutir esto más a fondo?"

"No". Hércules negó con la cabeza. "No podría prestar atención, con el hecho de quedarme dormido y todo eso. Vayamos a El Olvido".

"¡Oh!" La sonrisa de Jasón se ensanchó, emocionada. "¡He oído hablar de El Olvido! Definitivamente es ahí donde deberíamos ir".

"¡Argonautas para siempre!" Hércules repitió su ovación sin respuesta con el puño en el aire una vez más.

"¡Hasta el final!" Jasón respondió esta vez, golpeando el aire como era la costumbre aceptada.

Los campeones abandonaron el camino por el que habían estado viajando y, en cambio, siguieron por un camino desviado, hacia el futuro.

IV

Hércules regresó a la mesa donde estaba sentado Jasón, llevando dos grandes copas de vidrio llenas hasta el borde con una bebida oscura, rematadas con una espuma espesa. La taberna estaba tenuemente iluminada con una luz proporcionada por velas ubicadas estratégicamente alrededor de la habitación y por linternas colgadas en las paredes. Criaturas y deidades de todas las diferentes regiones se sentaron a tomar el sol en el ambiente de la taberna y disfrutar de sus bebidas.

En un extremo de la habitación, había una barra larga, donde dos mujeres atractivas servían bebidas a los clientes sentados en taburetes. Frente a la barra, había un pequeño escenario donde una compañía de actores se preparaba para el espectáculo de la noche. En una mesa, se podía ver al dios Anubis hablando del más allá con Nanna, la diosa nórdica del dolor. En otra parte, Jasón vio a Narciso, sentado con orgullo con una amplia sonrisa y una hermosa ninfa de agua en su brazo. Bebiendo solo en un rincón estaba sentado Cthulhu con sus tentáculos, un dios al que ninguno de los demás entendía realmente. Por su parte, no parecía que deseara ser entendido. Estaba satisfecho sentado solo, bebiendo su cerveza y soñando con mundos para devorar.

El dios Dionisio quien era el camarero atravesó la taberna, moviéndose de mesa en mesa, charlando con los clientes. Se reía de los chistes, divertidos o no, y reponía las bebidas de la jarra que llevaba consigo. Ésta era su taberna, y todos eran bienvenidos, siempre que no hicieran tanta escena. Si hicieran una escena, sería mejor que fuera entretenida, de lo contrario, serían echados. Una pelea ocasional no podía evitarse, pero si era una pelea tonta o un combate unilateral, el valor se veía seriamente disminuido.

Hércules se sentó en su asiento, examinó las bebidas de cerca por un momento, y luego le pasó la que tenía la cabeza más gruesa a Jasón. Jasón lo aceptó y bebió profundamente. Hizo una mueca mientras tragaba el líquido.

"Uf," se quejó. "Esto no es vino".

"Es cerveza," explicó Hércules. "Es una bebida que obtuvimos de Egipto, Mesopotamia o alguna otra cultura que conquistamos". Hércules se llevó su propia jarra a los labios y bebió.

Eructó.

"Está bien," continuó el semidiós. "Probablemente cura alguna enfermedad o algo así, pero incluso si no lo hace, me gusta. Creo que es algo así como lo que los egipcios solían dar a los esclavos cuando trabajaban".

"¿Fue un castigo?" Jasón miró fijamente su jarra. "Porque, tengo que decirlo, sabe a castigo".

"Tienes que acostumbrarte". Hércules tomó otro sorbo. "Una vez que lo estés, te encantará. No puedo tener suficiente de estas cosas ahora".

Jasón tomó otro sorbo de cerveza y se encogió al tragar. "Entonces, ¿vuelve a explicarme cómo funciona el tiempo aquí?" preguntó. "Se detiene, ¿verdad?"

Hércules asintió con la cabeza y bajó su jarra. "Supongo que sí," dijo. "El tiempo se detiene mientras estás aquí. Es una realidad separada. Dioniso le prometió a papá que le proporcionaría el mejor vino al Olimpo si papá le conseguía un bar donde los clientes nunca tuvieran que irse. Sin embargo, no funciona bien, porque el tiempo sigue moviéndose en el mundo exterior. Entonces, podrías estar aquí por lo que parece una hora, volver al mundo y descubrir que te has ido por un par de días".

"¿No es eso algo peligroso?" Jasón frunció el ceño. "Quiero decir, ¿cómo puedes saber si te has ido demasiado tiempo?"

"Oh, no te preocupes por eso". Hércules desestimó la preocupación con un gesto. "Lo máximo que he estado aquí fue una semana. ¿Qué es lo peor que podría pasar? ¿Tienes miedo de que tu esposa te vaya a dejar?

Jasón negó con la cabeza. "No," dijo. "Medea y yo estamos muy comprometidos el uno con el otro".

"Entonces no te preocupes por eso". Hércules tomó otro gran trago de su bebida y soltó otro gran eructo. "Solo bebe tu cerveza".

Jasón tomó otro sorbo, un poco más grande que el anterior. "Entonces, mientras estás aquí en el bar," Jasón tragó con una mueca, "¿envejecerías?"

"No". Hércules negó con la cabeza. "Ese era el punto. El Olvido es un escape de todo, incluso del tiempo".

"Eso es bueno". Jasón sonrió ampliamente.

Hércules abrió los brazos, indicando toda la habitación. "¿Por qué crees que es tan popular?" preguntó, radiante.

"Bueno, ciertamente no es por la cerveza". Jasón tomó otro trago. "Ahora, pongámonos manos a la obra. ¿Quién es el primer héroe que querrías como argonauta?"

"Ulises," dijo Hércules. "Es fuerte, valiente y, además, sabe cómo capitanear un barco. Si reviviéramos el Argos, sería un miembro de la tripulación perfecto".

Jasón negó con la cabeza. "Estoy de acuerdo en que sería perfecto," dijo. "De hecho, estoy tan de acuerdo que le pedí que se uniera a los argonautas después de la caída de Troya. Me dijo en términos muy claros que no estaba interesado. Todo lo que quería hacer era llegar a casa con su esposa en Ítaca".

"Troya cayó hace mucho tiempo, Jasón". Hércules arqueó las cejas. "Tal vez su deseo haya cambiado".

"Quizás". Jasón se encogió de hombros. "Aun así, no creo que debamos contar con que se una. ¿Qué hay de Aquiles? Fue un gran guerrero y un papel decisivo en la guerra de Troya".

Hércules puso los ojos en blanco. "El hombre casi murió," exclamó, "¡sólo por haber sido apuñalado en el talón!"

"Sin embargo, ese es su único punto vulnerable," insistió Jasón. "Si se convierte en un problema, ¡simplemente podríamos conseguirle mejores sandalias!"

"Sin embargo, ahora todo el mundo conoce el lugar,"

continuó Hércules con su crítica. "Eso lo convierte en un lastre. Ciertamente no me sentiría cómodo con él cubriéndome las espaldas. Ahora, Perseo, ese sería alguien a quien podría apoyar".

"Oh, Perseo sería genial," coincidió Jasón. "Además, monta a Pegaso, y eso sería un recurso adicional. ¿Sabes dónde está ahora?"

"Absolutamente". Hércules asintió con entusiasmo. "Él es el fundador y gobernante de Micenas, por lo que probablemente es allí donde está".

"¿Es un político?" Jasón hizo una mueca.

"Oh". La alegría de Hércules se redujo con su mirada. "Si. Bueno, igual podemos preguntarle".

"¿Qué hay de Atalanta?" Preguntó Jasón.

"¡No!" Hércules declaró enfáticamente. "¡No mujeres!"

"Ella es una buena luchadora," insistió Jasón. "Ella superó a Peleo en los juegos fúnebres cuando mi primo gobernaba mi país. Además, ¿quién puede olvidar la caza del jabalí de Caledonia? Ella era genial como argonauta. No veo ninguna razón por la que ella no vuelva a unirse a nosotros".

"Quizás," cedió Hércules. "Sin embargo, todavía no me gusta. En mi experiencia, las mujeres guerreras siempre parecen causar conflictos. Además, a ninguno de ellos parece gustarle".

"¿No te golpearon las Amazonas un par de veces?" Jasón se rió entre dientes.

"Quizás". Hércules movió los ojos. "Pero eso fue diferente. Habían... muchas de ellas".

"Bueno, supongo que esa sería una buena excusa," se rió Jasón a carcajadas, "para cualquiera menos para ti".

Hércules hizo una pausa y tomó otro trago largo de su jarra. Miró a Jasón con seriedad. "Esto va a tomar un poco de tiempo, ¿no es así?"

"Buenas noches, caballeros," dijo una voz alegre. Jasón miró hacia arriba y vio el rostro acogedor de su anfitrión mientras se acercaba a ellos con una jarra llena de cerveza. Llevaba su habitual sonrisa casual, su cabello oscuro peinado hacia atrás, lejos de su frente. Sus ojos brillaron con vida cuando se detuvo en su mesa.

"¿Cómo van las cosas esta noche?" preguntó, la sonrisa nunca vaciló.

"Salve, Dionisio," Jasón le devolvió el saludo con una sonrisa propia. "El lugar se ve fantástico".

"Gracias, Jasón". Dionisio se rió. "No es mucho, pero hago lo que puedo. ¿Qué están haciendo esta noche, muchachos?"

"Estamos reclutando más argonautas," le informó Hércules. "Bueno, técnicamente, solo estamos buscando candidatos, pero después de eso, vamos a comenzar a reclutar".

"Entonces, los argonautas están regresando". Dionisio arqueó las cejas mientras inclinaba su jarra para volver a llenar el vaso de Hércules. "Estoy deseando conocer sus nuevas aventuras. Una vez que hayan formado esta nueva tripulación, ¿no los traerás aquí para que podamos conocerlos? La primera ronda va por mí".

"Nunca nos fuimos, Dionisio," insistió Hércules. "De hecho, acabamos de terminar de matar a una quimera. ¡Deberías haber visto esto, Dion! Era enorme, como seis metros de largo. Respiraba fuego por la cola y sus dientes eran como espadas. ¡Apenas sobrevivimos!"

"Guau". Dionisio dio un paso hacia atrás, luciendo impresionado. "Eso suena como una historia. No puedo esperar a escucharlo. Lamentablemente, debo volver a mis deberes ahora". Dionisio se llevó una mano melodramática a la frente. "Oh, tanto trabajo, nunca se detiene, nunca se detiene". Suspiró con exagerado agotamiento.

Jasón y Hércules se rieron del acto.

"Fue bueno verlos, muchachos". Dionisio sonrió con autenticidad. Luego hizo un gesto hacia el escenario. "Espero que tu trabajo no te impida disfrutar del espectáculo".

"¿Hay un espectáculo esta noche?" Hércules se volvió hacia el escenario, donde un sátiro se preparaba junto a una ninfa del bosque. Al otro lado del escenario, un hombre se estaba poniendo un traje de gorgón.

"¡Oh Guau!" Hércules exclamó. "¿De verdad es Pan?"

Dionisio se rió entre dientes y le guiñó un ojo a Hércules. "De hecho lo es, hermano. Disfruta el espectáculo".

Dionisio le dio la espalda a la mesa y regresó a la barra, deteniéndose para limpiar una mesa vacía en el camino.

"¡Compruébalo, Jasón!" Hércules señaló emocionado hacia el escenario. "¡Es Pan!"

"Ya veo". Jasón sonrió. "Pero ahora, creo que realmente deberíamos volver al proyecto en cuestión".

"Sí, sí, lo haremos". Los ojos de Hércules nunca se desviaron del escenario. "Haremos eso justo después del espectáculo".

"Si queremos convertirnos en una presencia de nuevo, creo..."

"Silencio". Hércules se volvió hacia Jasón y se llevó un dedo a los labios. "Está comenzando".

Jasón comenzó a preocuparse. "Hércules," dijo, "realmente no debería estar fuera tanto tiempo".

Hércules no respondió, pero cuatro o cinco mesas vecinas hicieron callar a Jasón. Cuando las luces de la taberna se atenuaron y la música comenzó a sonar, Jasón suspiró y negó con la cabeza. Parecía que había perdido esta batalla, pero era solo un espectáculo. Después de todo, era Pan. ¿Qué daño podría hacer una demostración? Jasón se recostó y se llevó la cerveza a los labios nuevamente.

La bebida realmente no era tan mala, una vez que te acostumbras a ella.

Dionisio miró hacia donde estaban sentados los dos y sonrió maliciosamente para sí mismo. Era raro que encontrara a dos héroes tan populares juntos en su bar, especialmente aquellos con recursos virtualmente infinitos. Incluso si no podían pagar su cuenta al final de su estadía, Dionisio sabía que Zeus, el padre de Hércules, nunca permitiría que su hijo favorito estuviera en deuda con el establecimiento.

En ese momento, Dionisio comenzó a idear un plan para mantenerlos en El Olvido durante el mayor tiempo posible.

V

A Hera nunca le había gustado Hércules.

Hércules era el hijo de Zeus y Alcmena, una mujer mortal. Si bien este no fue el primero de las amoríos de Zeus, Alcmena estaba por debajo de los estándares que Hera había establecido, incluso para las conquistas extramaritales de Zeus. Después de todo, casi se espera que los dioses duerman alrededor. La propia Hera, la diosa del matrimonio, se había involucrado en sus propias aventuras. Sin embargo, Alcmena era indigna. Por lo tanto, su hijo ilegítimo también era indigno.

Cuando Hércules todavía era un bebé supuestamente indefenso, Hera intentó eliminarlo. Ella soltó dos serpientes venenosas en su cuna. Con este fin, Hércules mostró primero su fuerza inhumana. Tomando una serpiente en cada mano, las estranguló a ambas. No se sabe si esto fue intencional o simplemente el intento de un bebé de ejercitar los músculos recién descubiertos. Más tarde, cuando su enfermera entró a ver cómo estaba, encontró a Hércules jugando con las dos serpientes muertas como si fueran juguetes.

Durante su juventud, Hércules tuvo poca influencia de los dioses. Se convirtió en un joven sano, con la fuerza de otros diez. El marido humano de Alcmena, Amphitryon, adoptó y crió a Hércules como si fuera suyo. No recibió ningún trato especial, ni positivo ni negativo, durante su juventud. Amphitryon era un granjero y un día envió a Hércules a cuidar el ganado. Hércules condujo el ganado a la ladera de una montaña cercana a su casa. Mientras el ganado pastaba, el joven Hércules notó que dos hermosas mujeres se le acercaban. Estas mujeres eran en realidad ninfas. Se presentaron a Hércules como Placer y Virtud, informándole que cada uno tenía una oferta para él. Con su largo cabello rubio fluyendo detrás de ella, Placer se acercó a Hércules, pasando sus ágiles dedos por su cabello y por su espalda. Frotando su cuerpo perfecto contra el suyo, Placer lo besó suavemente en el cuello, nuevamente en la mejilla y nuevamente detrás de la oreja, mordisqueando suavemente el lóbulo de la oreja. Su aliento olía a dulce miel cuando hizo su oferta: una vida agradable y fácil, pero sin aventuras ni satisfacciones.

La segunda ninfa, Virtud, no intentó seducir a Hércules. Mientras Placer continuaba prodigándose en el joven, Virtud, con su cuerpo fuerte y cabello castaño rojizo, se mantuvo firme. Simplemente le sonrió a Hércules y le ofreció una vida severa pero gloriosa. Sería más difícil de lo que podría anticipar, pero sería recordado durante décadas, incluso siglos después. Trabajaría por cada gloria que lograra, pero debido a esto, cada gloria sería verdaderamente suya.

Hércules consideró la elección que se le presentó. La oferta de una vida placentera y fácil era tentadora, sin duda. También era difícil pensar en otra cosa, con la ninfa del Placer cautivándolo con su estimulación. Sin embargo, su padre terrenal le había enseñado el valor del trabajo duro. Le había enseñado a Hércules que el trabajo duro era su propia recompensa y que produciría beneficios. Un hombre que logra un mundo de riquezas con el sudor de otro no es un hombre en absoluto. Para conocer verdaderamente el valor de algo, primero hay que ganarlo.

Con los brazos de Placer todavía alrededor de su cuello, Hércules miró a Virtud y aceptó su oferta. Rechazada, Placer abandonó a Hércules inmediatamente, mientras Virtud se adelantó para reemplazarla. Ella le sonrió amorosamente al joven y acercó su cuerpo al de él en un fuerte abrazo. Acercó sus labios también y lo besó profundamente. Hércules cerró los ojos mientras su lengua llenaba su boca. No sabía ni olía tan dulcemente como Placer, pero era real y auténtica. Su saliva se mezcló con la de ella y Hércules supo que nunca se arrepentiría de la decisión que tomó. El beso duró lo que parecieron horas, y después de que terminó, Hércules abrió los ojos para descubrir que estaba solo con el ganado una vez más. Todavía podía sentir el aliento de Virtud dentro de él.

A lo largo de todo esto, Hera lo miró y esperó su momento.

Mientras tanto, en El Olvido...

A lo largo de los años, Dionisio vio a Cupido evolucionar desde el hijo advenedizo, prácticamente inútil, de Afrodita hasta el personaje mundano y de moda que era ahora. A lo largo de los años, muy pocos habían perdido tanto como él. Ahora, mientras se acercaba al camarero con un cigarro en una mano y una copa de vino en la otra, parecía confiado y seguro. ¡Dionisio estaba casi orgulloso de él! Nunca había visto a alguien recuperarse de sus aflicciones con tanta elegancia como él.

Sin embargo, por la expresión de sus ojos en este momento, Dionisio sabía lo que se avecinaba. No era como si no hubiera abordado el problema muchas veces antes durante los últimos cien años más o menos.

"Hola, Eros". Sonrió, usando el nombre original de Cupido, esperando tomarlo con la guardia baja. "¿Cómo estás? ¿Cómo te está tratando la bebida esta noche?"

A Cupido no se le escapaba nada. En cambio, señaló una mesa en el centro de la habitación.

"¿Es eso?" comenzó con vacilación, "Tanto Jasón como Hércules están ahí, bebiendo cerveza como si no les importara nada en el mundo?"

"Vaya, sí, creo que lo es" confirmó Dionisio, sin desdibujar nunca su sonrisa. "¡No me había dado cuenta! Me pregunto cuánto tiempo han estado aquí".

La mandíbula de Cupido cayó asombrado. "¿Cuánto tiempo han...?" comenzó a balbucear exasperado "Zeus ha estado buscando... Ellos han estado... ¡La guerra!"

"Mmm". Dionisio asintió, frunciendo el ceño con falsa preocupación. "Sí, supongo que habrían sido útiles en la guerra. Es una pena que no estuvieran aquí durante ese tiempo; Los habría alertado, sobre el conflicto, seguro. Ah bueno; no se puede cambiar el pasado. ¿No es gracioso que, con tantos poderes como los que tenemos los atletas olímpicos, cambiar el pasado no está entre ellos? Tal vez deberíamos investigar eso".

Los ojos de Cupido se llenaron de rabia. "¡Mi madre murió!" soltó enojado.

"Baja la voz," dijo Dionisio, frunciendo el ceño. "Este es un lugar de relajación. No puedo permitir que molestes con eso".

Cupido negó con la cabeza vigorosamente, intentando organizar sus pensamientos. "Tengo que decírselo a Zeus," murmuró, alejándose de Dionisio, hacia la salida.

"Estoy de acuerdo," dijo Dionisio. "Solo paga tu cuenta y podrás seguir tu camino".

"Oh". Cupido se volvió. "Bien, mi cuenta. ¿Puedes traérmela, por favor?"

Dionisio señaló una ménade en el otro extremo de la barra y señaló a Cupido. "En un momento, la tendremos justo para ti," dijo, volviendo su atención a Cupido. "Mientras espera, déjeme reponer tu bebida, va por la casa".

"E...está bien..." Cupido frunció el ceño ante la inusual generosidad de Dionisio, pero le entregó el vaso, de todos modos. "Sí, eso suena bien. Supongo que un último trago no puede hacer daño".

"En absoluto," dijo Dionisio, volviendo a sonreír. "Acabo de recibir algo especial que creo que te gustará. Es una mezcla maravillosa; olvidarás todos tus problemas".

Sonrió mientras llenaba el vaso de Cupido nuevamente, completo con su propio "ingrediente especial". No le preocupaba el informe amenazante para Zeus. Después de todo, había estado haciendo esto durante mucho tiempo. Bueno, tal vez se consideraría mucho tiempo, en cualquier lugar menos en El Olvido.

VI

Fue un día hermoso, como todos los días. El sol brillaba intensamente en el cielo azul puro, con grandes, nubes blancas que colgaban como adornos. El aire estaba limpio y la temperatura era agradablemente cálida. La escarcha de la mañana que había nutrido el suelo se estaba secando rápidamente en la hierba del campo, justo entre El Olvido y el nexo dimensional, que conducía de regreso a la Tierra. El campo de la sobriedad, lo llamó Dionisio. Se extendía por casi una milla. Ningún animal hizo un hábitat allí. No había árboles ni follaje de ningún tipo. Ningún pájaro cantaba en el cielo y ningún viento agitaba la hierba. Era simplemente un campo para que los invitados de El Olvido caminaran mientras se preparaban para ingresar al mundo nuevamente. Lo que ocurre en El Olvido se queda en El Olvido, incluida la embriaguez.

Si alguien escuchara el campo, oiría cantar. No son cantos de pájaros de ningún tipo, ya que no hay pájaros en el campo, pero el canto continuaba. La canción no era agradable de escuchar, ni tenía ningún sentido en la teoría de la música clásica. Aun así, era música, en cierto sentido. Era el tipo de música que uno solo puede escuchar cuando dos hombres borrachos intentan cantar una canción cuando no pueden recordar la letra ni la melodía.

Después de tres intentos, la canción fue abandonada, concluida con un bis de risa.

Uno de los hombres tropezó con una raíz que no estaba allí y el otro intentó agacharse para ayudarlo a levantarse. Ambas acciones fueron un fracaso y ambos hombres terminaron en el suelo, riendo.

"Vaya," declaró Jasón mientras se ponía de pie inestable. "¡Oh vaya! Ese bar, ya sabes, ¡ese bar era genial!"

"El Olvido," declaró Hércules con la voz más apropiada que pudo manejar en su actual estado de embriaguez. Se puso de pie antes de continuar con su anuncio. "La barra donde el Tiempo se detiene. El tiempo se detiene, sí, el tiempo se detiene. Donde siempre es la hora feliz, pero las bebidas nunca paran".

"A menos que seas el sobrino del camarero". Jasón se rió a carcajadas.

"No no". Hércules lanzó un dedo vacilante a la cara de

Jasón. "Dionisio, no es mi tío. Él es, creo que es mi hermanastro. Sí, hermanastro, o algo... no sé..."

"Las mujeres duermen mucho con tu papá," dijo Jasón. "Y siempre son mujeres diferentes. Creo que tu papá es un tipo fácil".

"Retira eso," le ordenó Hércules a Jasón con el mismo dedo inestable, acercándose un poco más para meterse en la cara de Jasón. "Mi padre, no es fácil. Las chicas solo... quiero decir, las mujeres solo... él es popular, ¿de acuerdo? Desearías poder tener tanto sexo como él".

"Todos los de Esparta combinados desearían poder tener tanto sexo como él," respondió Jasón, sin retroceder. "Tu papá tiene mucho sexo. ¡Y siempre es con mujeres diferentes!"

"¿Oh sí?" Hércules inclinó su rostro hacia el de Jasón. "¿Es eso lo que piensas? Bueno... bueno, ¡apestas! No podrías tener sexo con nada en este momento, apestas tan mal. ¿Ese vellón que usas, el dorado? Apesta".

"¿Es eso así?" Jasón se burló. "Bueno... ¡tienes que lavarte el cabello! Necesitas lavarte el cabello porque tu cabello es asqueroso".

"¡No!" Hércules echó la cabeza hacia atrás triunfalmente. "Porque los dioses han decretado que perderé mis fuerzas si me lavo el cabello. ¡Nunca debo lavarme el pelo!"

"¿Qué?" Jasón miró a Hércules con sospecha. "¿Cuando esto pasó?"

"Mientras estabas en el baño hace un rato," respondió Hércules.

Los dos se miraron a los ojos y se miraron el uno al otro por un momento. Jasón rompió primero con un bufido, luego Hércules con una risa apenas disimulada. Pronto, ambos se reían lo suficientemente fuerte como para lastimarse los costados.

"Está bien," Jasón luchó por decir. "Está bien, hemos estado caminando durante mucho tiempo. ¿Cuándo crees que vamos a…?"

"¡*Γαμώτο*!" Jasón de repente gritó y se detuvo en seco.

Hércules, que caminaba unos pasos detrás de él, también se detuvo. Miró a Jasón, borracho. "¿Por qué estás gritando? Estabas caminando, luego te detuviste y gritaste".

Jasón hizo una pausa por un momento. Se puso de pie y se miró las manos. Todavía estaban allí, al igual que sus pies y su torso. Jasón se pasó los diez dedos por el pelo (que aparentemente seguía allí) y se volvió hacia Hércules conmocionado y horrorizado.

"Hércules," dijo, con miedo. "Estoy sobrio".

"Oh," suspiró Hércules, con simpatía. "Lo siento, hermano".

"¡Horas, tal vez días bebiendo, y ahora estoy completamente sobrio!"

"Si". Hércules se tambaleó hacia adelante hasta que estuvo de pie junto a Jasón. En ese momento, su comportamiento cambió por completo. Se puso de pie, se sacudió el polvo y miró a Jasón con un par de ojos completamente sobrios.

"Eso sucede en El Olvido," explicó. "Dionisio pensó que sería más fácil de explicar las largas ausencias, a veces días o incluso semanas, si quien explica no estaba borracho. Además, no quería que ellos soltaran accidentalmente detalles sobre El Olvido a hombres comunes. Después de todo, sigue siendo un club bastante de élite. Entonces, Dionisio puso el Campo de la Sobriedad justo afuera. No importa qué tan borracho estés cuando entras al campo, siempre estás sobrio cuando llegas al otro lado".

Jasón miró hacia el campo con consternación. "¿No podríamos habernos quedado en el campo un poco más?"

Hércules se rió y le dio una palmada en el hombro a Jasón. "No," dijo. "Probablemente ya nos hemos ido demasiado tiempo. ¡Ni siquiera recuerdo por qué vinimos aquí en primer lugar, ahora!"

"Estábamos reclutando más argonautas," le recordó Jasón. "Sin embargo, en realidad no lo hicimos".

"Todo está bien". Hércules se rió entre dientes. "Habrá mucho tiempo para eso en el futuro".

Extendió la mano y palpó la barrera entre los mundos. El aire alrededor de su mano brillaba y se arrugaba como una hoja transparente. Hércules le sonrió a Jasón.

"¿Estás listo para volver al mundo real?" preguntó.

Jasón se encogió de hombros. "Supongo que debo estarlo," dijo a regañadientes. "¿Cuánto tiempo crees que estuvimos realmente fuera de servicio?"

Hércules negó con la cabeza y se rió. "Probablemente demasiado," dijo. "Quizá unos meses. Tal vez incluso un año".

"Medea no va a estar feliz conmigo". Jasón rió.

"No, no lo estará," asintió Hércules, bromeando. "Aunque está bien. Somos leyendas, podemos encontrar nuevas mujeres".

"Tu puede ser. Pero sucede que amo a mi esposa". Jasón señaló el portal. "¿Continuamos?"

"Después de ti". Hércules gentilmente se hizo a un lado, haciendo un gesto para que Jasón continuara. "Me pregunto cómo ha cambiado el mundo desde que nos fuimos".

Jasón se preguntó esto y los dos cruzaron la barrera.

VII

Cuando las leyendas emergieron del otro lado del nexo, entraron en un mundo extraño. Hércules se congeló mientras miraba a su alrededor. Edificios monstruosos, más altos de lo que jamás hubiera imaginado, se alzaban hacia el cielo, cubiertos con lo que parecían ojos. Horribles monstruos corrieron a su lado, gruñendo en voz alta y con los ojos encendidos. Dentro del cuerpo de cada bestia, Hércules podía ver a los humanos que cada uno había devorado, todavía vivos y la mayoría luciendo bastante infelices por estarlo. A la derecha de Hércules, había un edificio extraño, junto al cual había una larga fila de monstruosidades. Uno tras otro, llegaban a un saliente. EL saliente se abriría y un humano que sostenía una bolsa o una bandeja emergería parcialmente, entregando los objetos a los monstruos, o más bien a los humanos que los monstruos habían consumido. Hércules vio conmocionado cuando vio a uno de los humanos comenzar a consumir lo que les había sido entregado. Así debe ser como las bestias mantenían con vida a sus esclavos humanos.

Jasón también fue testigo del horror. Los seres humanos vestidos con ropa extraña, ajustada y restrictiva pasaban junto a él, algunos mirando en su dirección como si él fuera el monstruo. Algunos de estos humanos parecían estar hablando con cascaras de caracol de aspecto extraño, con un extremo en la oreja y el otro en la boca. Unos metros frente a ellos había un extraño edificio cuadrado, rodeado por varias cajas de las que brotaban mangueras. Jasón vio con horror cómo las bestias se detenían junto a estas cajas y regurgitaban a sus víctimas humanas. Luego, los humanos tomarían la manguera y la colocarían dentro del cuerpo de la bestia. Y esperaban hasta que la bestia había tomado su relleno, luego volvían a colocar la manguera en su lugar y permitían que la bestia los consumiera una vez más.

Los olores en este lugar eran repugnantes y ofensivos. Hércules no pudo identificar ninguno de ellos, igualmente ninguno era agradable. Incluso los humanos que pasaban junto a ellos olían grotesco. El olor que emitían no era tan desagradable, olían como si estuvieran tratando de cubrir su hedor con olores menos ofensivos... Sin embargo, los aromas que elegían eran casi tan ofensivos como los propios humanos. Pero, esto no era nada comparado con las nubes que emitían las bestias que revuelven el estómago. Mientras rugían de un lado a otro, una nube de hedor sobrenatural los seguía, contaminando el aire; A Hércules se le revolvió el estómago.

Uno de los humanos se fijó en Jasón. Dejó de hablar en su cascara de caracol y sonrió, balbuceando algo en un idioma que ni Jasón ni Hércules entendían.

Jasón le devolvió la mirada, desconcertado.

La sonrisa del extraño se desvaneció. Continuó balbuceando, esta vez más lento y más fuerte.

Jasón se encogió de hombros, sin tener idea de cómo responder al extraño.

El hombre pronunció una última frase frustrada antes de regresar a su cascara de caracol.

Jasón miró mientras se alejaba. No había nada que pudiera haber hecho. Recordó cómo los romanos tomaban a los que escupían semejantes tonterías y se los lanzaban a los leones.

Distraído por las sensaciones, Hércules se interpuso distraídamente en el camino de una de las bestias. La bestia gritó cuando se detuvo directamente frente a él y comenzó a rugirle desafiándolo. Hércules nunca fue de los que se echaron atrás en una pelea. Volviéndose hacia la bestia, se llevó los puños a los hombros y los estrelló contra el frente del monstruo. Para su sorpresa, se derrumbó con facilidad, mostrando el interior de la criatura. El prisionero humano se liberó y salió corriendo de la escena, gritando. Hércules asumió que estaba gritando de alegría, pero el humano nunca se detuvo para agradecerle u ofrecerle a su hija como pago por su heroísmo. Quizás estaba tan feliz de finalmente liberarse de la bestia que simplemente se olvidó. Hércules procedió a destruir los órganos internos de la bestia, cubriéndose con la sangre negra repugnante de la criatura.

"¡Hércules!" Jasón gritó después de ver al campeón en batalla. "¿Qué es este lugar?"

"¡Ven, Jasón!" Hércules se volvió hacia su camarada. "¡Liberemos a los humanos de estos monstruos! ¡Argonautas para siempre!"

"¡Hasta el final!" Jasón respondió.

Por lo tanto, los dos desataron la batalla para destruir tantas bestias como pudieran.

CAPÍTULO DOS

I

ZEUS AMABA LAS MAÑANAS. CADA DÍA PRESENTABA nuevas oportunidades y el chance para resucitar la gloria que le había sido arrebatada hace más de dos mil años.

La transición del Imperio Griego al Imperio Romano no había sido difícil. Cuando los romanos tomaron posesión, reemplazando a los griegos, aceptaron el panteón griego como propio. Habían dado nombres nuevos a la mayoría de los dioses, pero esencialmente habían dejado las historias y los legados en paz. Los historiadores habían teorizado que Roma había hecho esto simplemente porque sus propios dioses eran tontos o incompetentes. Zeus lo sabía mejor. Roma no tenía dioses. Ningún dios había buscado su adoración. Los romanos habían sido personas impulsadas por la guerra, salvajes y sin imaginación.

Esta fue una de las principales razones por las que Zeus nunca había implementado completamente el nombre Júpiter, nombre que Roma le había dado a él, como propio.

Cuando Roma reemplazó a Grecia como la potencia dominante en el mundo, la transferencia del panteón tuvo sentido. Después de todo, los dioses necesitaban ir a donde estaba el poder. La mayoría de los olímpicos y los demás asociados con ellos continuaron usando sus nombres griegos. Aceptaron que podían ser adorados bajo ambos. Eros fue realmente el único que descartó su nombre griego casi por completo. Zeus sintió que el nombre de Cupido no tenía la misma dignidad, pero no había sido su elección.

El mundo se alejó de Roma. El poder cambió y surgieron problemas. El mundo se expandió y, mientras lo hacía, diferentes culturas comenzaron a interactuar. Estos grupos de personas tenían sus propios dioses. Los griegos siempre se habían llevado bien, o al menos tolerado, otros panteones antes, como el egipcio y el babilónico. Estos nuevos dioses no parecían dispuestos a coexistir simplemente. Muchos de ellos querían el dominio exclusivo de ciertos territorios. Algunos incluso argumentaron que no debería haber otros panteones, salvo el suyo. Comenzó una gran guerra, que hizo feliz a Ares, pero puso en peligro a todos los demás. El resultado de la guerra no favoreció a los olímpicos. Zeus y los demás vieron que su tiempo en la realidad de la Tierra había terminado. Con la ayuda de un portal que había construido Hefestos, Zeus y los demás trasladaron todo el Olimpo (más algunos otros sitios de poder importantes) a otra dimensión, que existía paralela a la Tierra, con los mismos parámetros y leyes físicas. Aquí es donde habían existido desde entonces, excepto Afrodita. Su destino fue mucho más trágico.

Desde su dimensión, Zeus pudo observar la Tierra y estudiar los eventos que allí ocurrieron. Mientras miraba, notó que los otros panteones se debilitaban, algunos casi desaparecían por completo, mientras que el suyo era recordado y estudiado a menudo. Esto le llevó a tener la esperanza de que algún día, el panteón griego/romano podría regresar a la Tierra, reafirmando su poder y su fuerza. Esta esperanza menguó con el paso del tiempo. Ahora estaba casi muerto. Zeus se preguntó si incluso quería regresar a la Tierra. Empezaba a preguntarse si quería seguir siendo un dios.

Los humanos ya no parecían adorar a los dioses. Parecían adorar otras cosas, como el dinero, la tecnología, el entretenimiento y la juventud. Regresar a la Tierra podría ser una empresa infructuosa. Aun así, Zeus observó la Tierra de cerca, incluso caminando de vez en cuando con la apariencia de un humano. Debe haber algo que él no estaba viendo.

La rutina matutina siempre le había irritado. Uno pensaría que un dios podría simplemente decir: "Sé limpia y se renueva". Y sucedería. Pero este no era el caso.

Todos los días, Zeus tenía que levantarse, ducharse, afeitarse, ponerse desodorante, cortarse las uñas, sonarse la nariz y todas esas otras cosas humanas. Era uno de los parámetros de esta nueva dimensión que Hefestos había encontrado para ellos, y era desagradable. Sin embargo, era lo que tenía que suceder. Había intentado no hacerlo durante un tiempo. Eso duró aproximadamente una semana. Hera se quejó del olor después del segundo día. Ella siempre se quejaba de una cosa u otra, por lo que Zeus no le había prestado tanta atención. Para el día cinco, los otros dioses comenzaron a mostrar reacciones adversas, tosiendo para reprimir una mordaza o alejándose de él. Al final de la semana, incluso Zeus estaba disgustado por su propio olor. Hera estaba extremadamente agradecida cuando emergió, oliendo nuevamente como el rey de los dioses.

Se había afeitado la barba hace algún tiempo. Cuando lo hizo, lo justificó como una simple necesidad de cambio. Después de todo, había llevado barba durante mucho tiempo. Zeus tenía la intención de dejarla crecer. Mirándose en el espejo, descubrió que parecía mucho más joven, y eso le agradó.

Hera estaba igualmente complacida, y parecía disfrutar besando su rostro desnudo más de lo que nunca lo había hecho con la barba. Por lo tanto, el afeitado se agregó al baile diario de la cámara del baño.

Mientras Zeus se pasaba la navaja por la barbilla y le quitaba la barba incipiente, consideró relegar la tarea a días alternos.

Un llamado de golpe apresurado en la puerta de la cámara lo hizo saltar, y cuando apareció una pequeña mancha de sangre de donde se había cortado, Zeus tomó la decisión final.

Cogiendo un trapo y limpiando la mancha, respondió al toque de puerta. "Solo será un momento," dijo al que tocaba la puerta.

"Zeus," llegó la voz frenética de Hermes. "Algo acaba de suceder que... bueno, es algo que podrías..."

Desde el otro lado de la puerta, Zeus podía oír a Hermes tomar aire y acomodarse. "Señor," dijo con una voz mucho más tranquila. "Creo que podríamos tener un problema".

"Saldré en un momento, Hermes," respondió Zeus, para nada conmovido por el pánico de Hermes. "Me estoy afeitando".

"Señor, esto es algo que querrá ver de inmediato".

Zeus suspiró profundamente y se envolvió con su bata de baño con fuerza. Abrió la puerta y sonrió tan amplia y sarcásticamente como pudo.

"Buenos días, Hermes," dijo con falsa y exagerada alegría al hombre delgado y de cabello oscuro que estaba al otro lado. "¿Cómo te encuentras hoy?"

"Este realmente no es el momento para..." Hermes se detuvo. "Buenos días, Zeus," comenzó de nuevo, tratando de mantener la calma. "Estoy bien gracias. ¿Cómo estás?"

"No muy bien en este momento". Zeus frunció el ceño y

señaló donde había resurgido la mancha de sangre. "Me corté al afeitarme".

"Ya veo, señor," continuó Hermes. Allí de pie junto a Zeus en bata de baño, se veía muy fuera de lugar con su traje oscuro y zapatos de diseñador. Hermes nunca había aprendido realmente a relajarse. "Me temo que mis noticias probablemente no mejorarán mucho tu mañana".

Zeus puso los ojos en blanco. "¿Que está sucediendo?" preguntó. Hermes siempre parecía estar al borde de un ataque de nervios, por lo que Zeus no estaba muy impresionado por esta exhibición.

"Bueno," comenzó Hermes, eligiendo sus palabras con mucho cuidado. "Supongo que lo bueno es que hemos encontrado a Hércules".

"¿Qué?" El rostro de Zeus estalló de alegría. Había estado buscando a su hijo durante más de dos mil años. Zeus no pudo pensar en mejores noticias.

"¡Son excelentes noticias!" gritó, colocando las manos entusiastas sobre los hombros de Hermes. "Cómo puedes decir que esto es todo menos..."

El éxtasis instantáneo que había sentido ante el anuncio comenzó a desvanecerse. El mundo había cambiado mucho en dos mil años.

Zeus le dirigió una mirada muy seria a Hermes. "¿Qué hizo él?"

Este es James Novus, que viene a usted con una noticia de última hora. El caos se ha producido en Prospect Avenue, cerca del centro de Cleveland hoy. Dos hombres, vestidos de gladiadores, aparecieron de repente en las calles y comenzaron a

atacar a los viajeros. En realidad, no parece que estén atacando a la gente, sino a los coches de la gente. La policía ha llegado al lugar y ha tomado el control de la situación. Les llevamos ahora a la reportera Candace Amentia, que vive en el lugar. ¿Qué puedes decirnos sobre la situación, Candace?

Bueno, James, decir que la policía tiene el control de la situación es un poco exagerado. De hecho, tienen a los dos hombres a punta de pistola en este momento, pero no parecen darse por vencidos todavía. El más grande de los dos sostiene una puerta de uno de los autos destruidos, y parece tratarlo como si fuera un escudo. La policía sigue intentando comunicarse con estos salvajes, pero no parecen hablar inglés y solo se comunican entre sí, en un idioma desconocido. La policía aún no ha abierto fuego, pero si la comunicación sigue siendo imposible, puede que sea necesaria. Los hombres destruyeron tres autos, dos SUV y un camión antes de que llegara la policía. Como puede ver detrás de mí, los hombres no parecen estar exhaustos en absoluto. Esto podría ser una prueba de que los hombres están tomando una droga para mejorar el rendimiento.

Gracias por la actualización, Candace. Continuaremos manteniéndolos informado a medida que se desarrollen los hechos. En otra historia, una celebridad local cumple hoy treinta y cinco años, pero con la cantidad de cirugías plásticas que ha tenido, cree que solo debería ser considerada de treinta y dos. Por extraño que nos parezca, esta celebridad está solicitando una orden judicial para que se reimprima su certificado de nacimiento...

II

Zeus miró la escena con horror. Allí estaba su hijo, sucio y mugriento como si no se hubiera bañado en siglos, empuñando la puerta de un auto como si fuera un trofeo. Las fuerzas humanas tenían sus armas modernas apuntadas hacia él, preparadas para terminar con su vida si se negaba a cooperar pronto. Detrás de Hércules había otro hombre, que parecía solo un poco más confundido que él.

"¿Quién es ese?" Zeus señaló al hombre.

"Ese es Jasón de Lolkos," respondió Hera, también viendo la escena. "Él fue el que recuperó el Vellocino de Oro, ¿recuerdas?"

"Sí," confirmó Zeus. "Lo veo atado a través de su pecho".

"Sin duda estaba atrapado en uno de los estúpidos planes de tu hijo," se burló Hera.

Zeus estaba a punto de contradecirla, pero por lo que estaba sucediendo, podía estar en lo cierto.

"¿Qué están haciendo?" rugió un hombre corpulento. Tenía el físico de un culturista, usaba una placa en el pecho, brazaletes, rodilleras y un casco grande. "Aparecieron de la nada, demolieron por completo seis vehículos de motor, ¡y ahora se enfrentan a esos tontos humanos y sus armas! ¿Que estaban pensando? Y, ¿por qué no hice eso hace años?"

"Porque no estamos en guerra con los mortales, Ares," le informó una hermosa mujer. Tenía el cabello blanco y vestía un vestido plateado suelto, con un hermoso colgante de luna creciente alrededor de su cuello.

"¡Esa no es mi culpa!" Ares regresó.

Hera dejó que su cabeza se hundiera en sus manos.

"Siempre supe que algo así sucedería," murmuró. "Te dije que esto pasaría, ¿no es así?" preguntó, mirando a Zeus.

"¿De verdad, amor?" Zeus le devolvió la mirada, manteniendo a raya su rabia. "¿Realmente me dijiste que Hércules aparecería repentinamente en medio de la humanidad moderna y perturbaría la sociedad de esta manera? ¿Me dijiste eso? ¡Porque esa es una conversación que creo que recordaría!"

"Lo que he dicho es que es un irresponsable," resopló Hera. "Es impredecible e irracional, como lo demuestra este fiasco. Siempre lo ha sido y..."

"¡Y le dejas casarse con tu hija!" Zeus respondió, sintiendo la ira en su garganta.

"¿De verdad quieres sacar eso a colación?" Hera movió a su reina a una posición de jaque mate. "¡Mi hija está muerta por su culpa!"

Si hubieran estado solo jugando al ajedrez, Zeus se habría limitado a mirar a Hera, poniendo a su rey en jaque mate. Los dos simplemente se miraron el uno al otro por un momento hasta que la diosa de la luna rompió el silencio.

"Oh, mira," Artemis señaló la escena. "Las balas no pueden hacerle daño".

La policía había dejado de intentar negociar y abrió fuego. La puerta repelió la mayoría de las balas, pero las que conectaron con el pecho de Hércules simplemente dejaron grandes ronchas rojas.

"Por supuesto que no le hacen daño," se burló Ares. "Él es un dios, después de todo".

"Él es sólo medio dios, Ares querido," lo corrigió Hera. "No olvides que su madre era esa puta humana, Alcmene".

"¡Oh! ¡Dame un respiro!" Zeus alzó las manos al aire. "Me acuesto con una mujer mortal, ¿y ahora tengo que escucharlo para siempre? ¡Fue solo una vez!"

Las cuatro cabezas se volvieron hacia él con sospecha. Artemis en realidad se rió.

"Bueno," Zeus arrastró los pies, "fue solo una vez con ella. ¡Como si todos ustedes no hubieran tenido aventuras!"

"¿Qué parte de «diosa virgen» no entiendes?" Preguntó Artemis.

"Virgen," se burló Ares. "Escuché sobre ti y ese tipo de Orión".

Artemis golpeó a Ares en la mandíbula. "¡Solo éramos amigos!" ella lloró. "A los dos nos gustaba cazar, ¡y eso era todo! ¿No puede una mujer tener amigos varones sin ser acusada de acostarse con ellos?"

"No lo sé," respondió Hera. "Pregúntale, a tu padre".

Zeus apretó la mandíbula y se volvió hacia su esposa. Habría tenido una respuesta mordaz (en realidad; estaba a punto de pensar en ello) pero la mano de Hermes en su hombro lo detuvo.

Hermes señaló la escena donde las cosas estaban aumentando rápidamente. "Probablemente deberías hacer algo al respecto, grandullón," le dijo a Zeus.

Zeus se tragó su orgullo y suspiró. "Tienes razón," asintió. "Vuelvo enseguida".

Con un suspiro, Zeus comenzó a caminar hacia el portal entre realidades.

III

Los guijarros que estos hombres le lanzaban se sentían como enormes hilos de abejas. Hércules protegió a Jasón, cuya piel era mucho más vulnerable, colocándose entre los atacantes y Jasón.

Habían destruido seis de los monstruos, rescatando a los humanos devorados, antes del primero de los contraataques. Al principio, fue difícil determinar que se trataba de un ataque ya que solo parecía ser un grupo de humanos enojados apuntándolos con palos metálicos y gritando en esa extraña lengua que usaban los humanos de este lugar. Luego, los palos produjeron un fuerte golpeteo y lanzaron pequeños guijarros hacia ellos a gran velocidad. Cada uno que golpeaba su pecho ardía por un momento antes de caer al suelo, dejando una roncha roja punzante. Eran heridas leves que no molestaron mucho a Hércules. Sin embargo, seguían siendo irritantes. Se estaba molestando.

"Estas personas no parecen apreciar nuestra ayuda," le dijo Hércules a Jasón.

"Bueno, ciertamente te aprecio ahora mismo," respondió Jasón desde donde estaba, detrás de la espalda de Hércules. "En cuanto a la gente, no tengo idea de lo que está pasando".

"¿Crees que son sirvientes de las bestias? Si es así, tal vez deberíamos vencerlos también".

"Esa parece ser la respuesta obvia".

"Bien" Hércules flexionó el pecho. "Estos guijarros se están volviendo molestos".

Preparándose, se dispuso para atacar a la fuerza.

Justo cuando lo hizo, un trueno llenó el área a su alrededor. Todos sus atacantes gritaron, casi al unísono, y parecía como si uno o dos de ellos se desmayaran. De repente, de pie junto a Hércules había un hombre bien afeitado con una espesa melena de cabello gris, vestido con una bata de baño.

"¡Padre!" Hércules lloró de alegría. "¡Llegas justo a tiempo para ayudarnos a vencer a estos esclavos! Oye," Hércules frunció el ceño mientras estudiaba el rostro de su padre, "¿cuándo te afeitaste?"

"¡Hércules!" Zeus casi explotó de rabia al ver a su hijo. "¿Dónde has estado?"

"¿Qué?" Hércules se encogió de hombros. "Acabo de salir con..."

"¿Qué estás haciendo?" Zeus lo interrumpió, mirando a los horrorizados oficiales, la mayoría de los cuales se acurrucaron en el suelo con miedo.

Hércules comenzó a ponerse a la defensiva. "Estaba liberando a la gente de...," empezó a decir.

"¿Te das cuenta de lo que has hecho?" Zeus le rugió una vez más. "Este fue un equilibrio suave, pero hemos podido mantenerlo ¡y hasta ahora! ¡Es posible que lo hayas arruinado todo!"

"Padre". Hércules trató de mirar a los ojos de su padre. "¿Qué está pasando?"

Uno de los beneficios de tener una dimensión alternativa para ellos solos era que no había más humanos tratando de alcanzarlos. Los humanos ya no creían en ellos. Para la mayoría, los atletas olímpicos eran solo mitos y cuentos para los niños a la hora de dormir. Inicialmente, esto había ofendido a Zeus, pero después de un tiempo, había llegado a aceptarlo. Al final, se dio cuenta de que probablemente era mejor para ambas partes. Si los humanos no creían que los dioses eran reales, los dioses podrían hacer lo que necesitaran sin que los humanos se interpusieran en su camino. No se necesitaban más explicaciones para las grandes demostraciones cosmológicas de poder, ya que ahora todo eso lo explica la ciencia. Las grandes señales y maravillas simplemente dejaron de existir. Cuando las personas dejaron de necesitar explicaciones divinas para todo y decidieron que había una razón científica para todo, dejaron de necesitar deidades. Zeus estaba de acuerdo con eso. La ciencia no era realmente un rival, después de todo; era un conducto. Podría usar la ciencia para lograr sus objetivos.

Este incidente con Hércules, sin embargo, lo amenazó todo. Empezarían a buscar de nuevo. Además, con la tecnología científica en el estado actual, podrían encontrar la dimensión de bolsillo.

Eso no sería agradable.

"Ahora no". Zeus miró a Hércules. "Tenemos que volver al Olimpo. Vamos".

"Pero papá," se resistió Hércules. "Tengo que defender el..."

Con el mismo trueno, tanto Zeus como Hércules desaparecieron.

Los policías se levantaron del suelo lentamente, examinando cuidadosamente la espantosa escena. Donde había, momentos antes, dos tipos enloquecidos, los destructores de seis automóviles con sus puños desnudos, ahora solo quedaba un hombre. Este hombre parecía más cuerdo de lo que se sentía cualquiera de los oficiales en ese momento.

"*Γεια σας*". El hombre los saludó con su mano tímidamente.

Algunos de los otros oficiales le devolvieron el saludo, confundidos.

"Erm..." El hombre comenzó a mirar a su alrededor, nervioso. "*Πω πω, ότι ο τύπος ήταν τρελός, έτσι?*"

El hombre rió nerviosamente, y algunos de los oficiales se le unieron, sin tener idea de lo que estaba diciendo este bastardo. Uno de los oficiales comenzó a levantar su pistola nuevamente, pero otro oficial detuvo su mano. No iban a disparar contra un civil desarmado, y menos uno tan fascinante.

El trueno llenó el área nuevamente, y el anciano enojado de antes reapareció.

"*Ελα Jasón,*" gruñó, agarrando al hombre.

"¡Σας ευχαριστώ!" gritó el hombre, muy agradecido por no haber sido olvidado.

Ambos hombres desaparecieron.

La fuerza policial miró la escena ahora vacía con incredulidad.

"Em, creo que ese tipo," tartamudeó uno de los oficiales, "acaba de decir gracias... ¿en griego?"

"No," lo negó el oficial a su lado. "Ese tipo estaba demasiado... estaba demasiado borracho para hablar griego".

"Bien", dijo otro. "Y con esteroides... los esteroides te hacen actuar así, ¿verdad?"

"Lo hacen," dijo un cuarto. "Y, muchachos, tenemos que empezar a tomar medidas enérgicas contra la droga que los hace desaparecer en un instante, porque, quiero decir, eso es peligroso, ¿verdad?"

Ninguno de los oficiales olvidó jamás lo que vieron ese día.

No les gusta hablar mucho de eso.

La noticia, por supuesto, no se sintió igual.

IV

Hércules fue siempre el hijo favorito de Zeus. Esa puede haber sido una de las razones por las que Hera lo odiaba tanto.

Antes de que naciera Hércules, Zeus proclamó que el próximo de sus hijos en nacer algún día gobernaría el Olimpo. Hera notó que Alcmena estaba a punto de dar a luz a Hércules, por lo que tuvo que intervenir. Fue a Lucina, la diosa del parto, y le dijo que aguantara el parto de Alcmena hasta que pudiera pensar en algo más permanente. Lucina se mostró reacia al principio, pero accedió a hacer esto por Hera.

Durante una semana, Alcmena permaneció de parto, tratando de dar a luz a Hércules. Sin que ella lo supiera, Lucina había colocado sus manos sobrenaturales sobre el útero de Alcmena, impidiendo la emergencia del niño. Durante este tiempo, Alcmena gritó de dolor, maldiciendo al cielo. Hera contempló la escena con satisfacción, al ver que Alcmena estaba muy cerca de la muerte. Ella dedujo que si Alcmena muriera, el niño en su útero también moriría.

Galantis, la doncella de Alcmena, estuvo al lado de su señora durante todo este calvario. Al verla con tanto dolor, Galantis buscó la causa. Al descubrir que Lucina mantenía cerrado el útero de su ama, comenzó a buscar formas de perder la conexión.

Su oportunidad llegó unas horas más tarde. Lucina se había cansado ya que se había visto obligada a retener al niño durante tanto tiempo. Comenzó a quedarse dormida y, al hacerlo, Galantis lanzó un grito de júbilo.

"¡Miren!" ella vitoreó. "¡La mujer ha dado a luz!"

Esto asustó tanto a Lucina que volvió a tomar conciencia, soltando accidentalmente su agarre sobre el útero de Alcmena por un momento.

En ese momento nació Hércules.

Cuando se enteró del engaño, Hera convirtió a Galantis en una comadreja.

Puede que haya sido un poco exagerado, pero el punto ya estaba claro: no debes hacer que Hera se enoje.

V

Zeus no estaba feliz.

Uno podría imaginar que, después de buscarlo durante la mayor parte de tres siglos, un padre se alegraría de ver a su hijo una vez más. Sin embargo, dadas las circunstancias, se puede comprender su consternación. Su mundo se estaba quemando. Todo estaba sucediendo tan rápido que ni siquiera tuvo tiempo de pensar. Después de tanto tiempo de actividad relativamente baja, tener tanta presión sobre él de una vez era estresante. No tenía idea de lo que había estado haciendo Hércules a lo largo de los siglos, pero por el momento, no importaba.

Tan pronto como los tres habían navegado con éxito por el nexo de regreso al Olimpo, Zeus se volvió hacia su hijo. Hércules estaba inclinado, tosiendo por el impacto inesperado de ser arrastrado a través de un portal. Por un momento, la ira de Zeus se calmó mientras se movía hacia donde su hijo estaba encorvado y le daba una palmada en la espalda.

"Estarás bien hijo," dijo Zeus. "Los portales instantáneos son más difíciles de manejar que los nexos graduales. Te acostumbrarás".

"Es como si tuviera que acostumbrarme a la cerveza," sugirió Jasón. "Después de un tiempo, estoy seguro de que realmente lo preferirá".

"Oh, odio la cerveza". Zeus arrugó la nariz mientras miraba a Jasón. "¡El vino es mucho mejor para uno!"

"Estoy de acuerdo," respondió Jasón. "Pero la cerveza es menos cara y más fácil de beber, ¿sabes?"

Zeus asintió. "Supongo," respondió. "Aun así, los beneficios del vino son... espera..."

Zeus quitó la mano del hombro de Hércules y la oscuridad se deslizó por su rostro. "¿Dónde han estado ustedes dos en el pasado?" Rugió, deteniéndose en seco y sacudiendo la cabeza con ira. "Tenemos que volver al Olimpo. Estoy seguro de que mi esposa, tu reacia madrastra, va a querer escuchar esto".

Hércules se enderezó lentamente. "Hera. ¿Qué tan enojada está ella?"

El ceño cada vez más oscuro de Zeus era toda la respuesta que necesitaba Hércules.

"¡Vamos!" Ordenó Zeus, agarrando a Hércules por el hombro y arrastrándolo.

El monte Olimpo no había cambiado tanto. Todavía tenía las columnas imponentes, que sostenían el cielo en forma regia, y las pasarelas de mármol que allanaban el camino a través de él. Mientras Jasón seguía a Zeus y Hércules, estaba asombrado por la elegancia que lo rodeaba. Nunca antes había venido a la residencia de los dioses y la vista era impresionante. Hermosas estatuas talladas en piedra, salpicaban el paisaje. Allí estaba en un lugar un tributo al titán Atlas con el mundo sobre sus hombros. En otra parte, la diosa Afrodita estaba de pie con un pálido reflejo de toda su belleza grabada en alabastro.

Plantas exóticas, sin duda obsequios de la diosa Deméter, aparecían aquí y allá. Jasón no estaba seguro del origen de la mayoría de ellos, pero eran hermosos. Uno estaba a unos cinco pies de la base de la olla que lo sostenía. Estaba cubierto de hermosas hojas y flores, alcanzando su ápice en forma de boca macabra. Jasón vio con asombro y horror cómo la boca se abría y devoraba un insecto que se había atrevido a volar demasiado cerca. ¿Qué mundo era este, donde incluso las plantas ahora tenían sus defensas? Jasón comenzó a lamentar haber regresado de El Olvido, más apropiadamente, haber ido a El Olvido en primer lugar.

Más miradas le dieron la bienvenida. Mientras caminaban, Jasón miró a su derecha y vio a algunos de los residentes del Olimpo descansando en muebles de formas extrañas, vistiendo ropa similar a la que había visto en los humanos que habían encontrado al salir por primera vez del nexo. Camino arriba, un poco, el dios Eros (o Cupido, como había comenzado a llamarse a sí mismo) caminaba hacia ellos con una hoja cilíndrica que parecía ser fuego colgando de su boca y hablando a una de las cascaras de caracol que Jasón había visto usando a los humanos en el mundo. Al pasar, Cupido se detuvo paralizado y los miró con la mandíbula abierta. Jasón le sonrió tímidamente.

Se sentía como si fuera un extranjero, en lugar de un héroe exaltado.

¿Qué había sido de su mundo?

Hércules no se dio cuenta de estas cosas. Estaba demasiado distraído por el recuerdo de lo que les sucedió a las personas que habían enojado a su padre.

Cupido fumaba desde el año terrestre 3 d.C. Fue entonces cuando él y Apolo se habían ido a la tierra aún por descubrir de lo que ahora se conoce como América del Sur. Apolo había afirmado que algunas tribus en guerra necesitaban ser pacificadas o alguna tontería por el estilo, pero Cupido ahora sospechaba que Apolo solo había querido expandirse y ver el mundo más allá de las fronteras de Roma y Grecia. Cupido había necesitado una distracción.

Mientras estuvo allí, Cupido observó fumar a través de los rituales de los chamanes nativos. Tomaban la hoja de tabaco enrollada, la prendían fuego y la fumaban. Fascinado, Cupido se mostró reacio a experimentar al principio, pero después de observarlo el tiempo suficiente, no pudo resistirse. Él inhaló. El olor era horrible y el sabor no era algo que uno necesariamente desearía tener en la boca. El humo que se elevaba y llenaba sus fosas nasales le provocó náuseas y comenzó a tener arcadas, sus ojos se llenaron de lágrimas. Eso era repugnante.

Cupido dio otra bocanada. Sí, todavía era repugnante.

Ciertamente, los cigarros habían evolucionado a lo largo de

los siglos. Había mejores formas de refinar el tabaco, mejores humidificadores que buscaban y preservaban la textura, los sabores y los ingredientes botánicos que realzaban el éxtasis natural, y diferentes técnicas para envolver y empacar el tabaco que hacía que cada cigarro fuera distinto. América del Sur todavía producía los mejores puros. Nicaragua era el lugar favorito de Cupido. Los cubanos estaban bien, pero cuando uno no se veía obstaculizado por la estipulación legal y social que algunos mortales les imponían, realmente perdían buena parte de su atractivo. Los puros nicaragüenses eran casi con certeza sus favoritos

Su ambiente favorito para fumar, principalmente porque solo él y algunos más participaron en la actividad. Quirón fumaba cigarrillos, que Cupido nunca había encontrado atractivos. El Oráculo de Delfos fumaba, pero no era tabaco. Apolo ocasionalmente se unía a él para fumar, y los narguiles eran muy populares en el Monte, pero Cupido era realmente el único que participaba en el ritual de fumar puros con regularidad. No le importaba tanto fumar solo. Simplemente disfrutó de sus puros.

Otra cosa que nunca se había vuelto muy popular en el Monte fue el teléfono celular. Algunas de las deidades los tenían, y la mayoría de ellos eran patrocinadores o accionistas de sus portadores individuales. Durante un tiempo, Cupido había intentado convencer a Zeus de que llevara su propio servicio, exclusivo del Monte y sus residentes, pero Zeus todavía tenía problemas para comprender las ventajas de los teléfonos de disco, y mucho menos de los móviles. Si quería que lo dejaran solo, diría, ¿por qué querría un dispositivo zumbador que lo conectara con personas con las que no quería hablar de todos modos? Después de un tiempo, Cupido se había rendido.

Cupido caminó casualmente por el camino de mármol,

hacia las puertas del Olimpo. Llevaba un puro Oliva Seria V en una mano, fumando lentamente, y su celular en la otra.

"No," le dijo a la persona que estaba al otro lado de la línea, "no tengo ningún plan para esta noche. Quiero decir, podría ir a la Tierra. Hay un lugar en Cleveland del que he estado escuchando y me gustaría ver qué están haciendo los lugareños, pero además de eso..."

"*Cupido*," la voz de castigo de Némesis sonó en su oído, "*deja en paz a los lugareños. Conozco el lugar de Cleveland; deberías salir conmigo*".

Cupido se rió entre dientes. Aunque nunca lo admitiría, Némesis siempre estaba buscando una excusa para escaparse. Si bien un club no era la actividad más rebelde, todavía contaba dentro de su libro. Cupido pensó que ella justificaría la ocasión diciendo que estaba tratando de mantenerlo fuera de problemas. Cupido estaba convencido de que en realidad solo estaba usando eso como una excusa para salir y volverse un poco loca. Desde que su papel de Avatar de la Venganza había sido virtualmente usurpado por las fuerzas mortales, había comenzado a sentirse un poco despreciada. Probablemente estaba compensando eso jugando a la policía de la moralidad para los dioses.

"¿Cómo sabes que iba a hacer algo sucio?" Cupido se rió. "Quizás el lugar del que hablaban los lugareños era una cafetería. ¿Alguna vez has pensado en eso?"

"*En primer lugar, sé que estabas haciendo algo sucio porque eres Cupido*". La superioridad moral de Némesis resonó. "*En segundo lugar, es el centro de Cleveland, y solo hay un lugar en el que harías todo lo posible para aparecer allí. Creo que sería mejor que salieras conmigo*".

"¿Por qué no puedes decir simplemente que estás sola y que quieres compañía?" Cupido se burló de ella. "No todo tiene que ser una excusa para..."

Cupido se detuvo en seco y miró, atrevidamente, lo que se le acercaba. Zeus se precipitó hacia él, con un individuo llevado a cuestas y muy cerca un segundo siguiéndolo detrás de él. Los dos individuos parecían repugnantes como si no se hubieran bañado o cambiado de ropa (con sentido de la moda) en siglos. Su mandíbula golpeó la pasarela de mármol cuando pasaron junto a él. El segundo hombre lo vio mirando y le dedicó una sonrisa vacilante, seguida de un medio saludo con la mano. Cupido le devolvió el saludo aturdido.

"*Cupido,*" lo instó la voz de Némesis. "*Dejaste de hablar. ¿Ocurre algo?*"

Cupido se detuvo un momento más, considerando lentamente lo que podría estar sucediendo.

"Voy a tener que devolverte la llamada," dijo, colgando el teléfono antes de escuchar la respuesta.

Siempre había asumido que tanto Hércules como Jasón habían muerto. Por supuesto, era probable que se hubieran enterado si un hijo de Zeus hubiera muerto, pero con la transición a través de las dimensiones, era posible que la noticia se hubiera perdido. Habían pasado dos siglos y medio. Incluso Zeus había dejado de buscar en su mayor parte. Hércules fue, en un momento, el hijo favorito de Zeus. Había buscado durante siglos, vagando por la dimensión humana, mirando debajo de cada piedra y cada ramita, solo para volver sin nada. Nadie tenía idea de dónde estaba Hércules.

Siendo este el caso, uno puede imaginar la incredulidad de Cupido al ver al héroe caído, resucitado de la tumba. Muy pocos lo habían logrado.

"Oye," le indicó Cupido a Morfeo, el dios de los sueños, que estaba de pie al otro lado del patio, "¿era ese quien creo que era?"

La cabeza peluda y de crin plateada de Morfeo se volvió hacia Cupido con el ceño fruncido. Había estado considerando si, algún día, podría transmitir sueños al modo de suspensión de una computadora. No parecía probable, ya que la inteligencia artificial probablemente tendría sueños artificiales. Tras una mayor consideración del proceso, Morfeo había determinado las etapas de sueño de una computadora. La primera etapa probablemente sería el protector de pantalla, donde una simple pulsación de tecla o un movimiento del mouse lo reactivarían una vez más. El modo de suspensión de una computadora se parecía a la cuarta etapa o al sueño profundo. Despertarlo de esto requirió un poco más de esfuerzo. Si una computadora tuviera una función REM, ocurriría durante esta etapa. Si Morfeo alguna vez pudiera implantar sueños en la "mente" de una computadora (disco duro funcional), sería más plausible durante esta etapa. Había estado considerando una técnica para hacer precisamente eso cuando Cupido interrumpió su proceso de pensamiento.

"¿De qué estás hablando, Cupido?" Preguntó Morfeo, molesto por ser molestado. "¿Quién era qué?"

"Ese tipo". Cupido señaló en la dirección en la que Zeus y sus cautivos habían desaparecido. "Se parecía a Hércules... ¡y el chico detrás de él se parecía a Jasón! El tipo del vellocino, ¿recuerdas?"

"Por supuesto que lo recuerdo". Morfeo asintió con la cabeza, se dirigió hacia Cupido y miró a regañadientes en la dirección que Cupido le indicaba. "También recuerdo que están muertos. Han estado muertos durante siglos".

"Eso nunca fue probado," insistió Cupido, sin dejar de mirar fijamente a Zeus. "Simplemente asumimos".

"Pensé que dos milenios serían prueba suficiente". Morfeo suspiró. "Además, Jasón sigue siendo humano; nunca se le concedió la inmortalidad. No hay forma de que haya sobrevivido tanto tiempo, especialmente no en un estado móvil y reconocible".

Cupido puso los ojos en blanco. "Sabes," dijo, "para ser el dios de los sueños, no tienes mucha imaginación".

"Cuando vives en un mundo de sueños," respondió Morfeo a la reprimenda, mirando a Cupido desde los diez o doce centímetros que tenía sobre él con una sonrisa maliciosa, "encuentras la realidad en cualquier lugar que puedas".

"Vete al infierno," se burló Cupido.

"No hay infierno," dijo Morfeo con condescendencia. "Sólo el Tártaro".

"Lo que sea". Cupido se dio la vuelta, renunciando a la discusión. "Es simplemente una expresión. Sé lo que vi y vi a Hércules".

"Estás soñando," bromeó Morfeo.

Mientras Cupido se alejaba, saludó a Morfeo, usando otra técnica bastante moderna, que requería solo un dedo. Morfeo negó con la cabeza y miró en la dirección en la que Cupido había estado mirando. Quizás estaba siendo demasiado falto de imaginación. Aun así, era imposible pensar que, después de tanto tiempo, Hércules y Jasón hubieran regresado. Simplemente no tenía sentido.

VI

El gran salón del Olimpo, donde los dioses se sentaban y celebraban su consejo, no había cambiado mucho. Todavía quedaban doce tronos colocados en semicírculo, uno para cada uno de los olímpicos. Sin embargo, ahora era raro que alguno de ellos estuviera ocupado, salvo el de Zeus y el de Hera, que estaban uno al lado del otro, un poco más alto que el resto. Algunos eruditos habían especulado que Eros (o

Cupido) podría haber sido incluido en este círculo, junto con su madre, Afrodita, pero esta evaluación fue inexacta. Cupido nunca había querido la responsabilidad de estar incluido con los Olímpicos. Desde la partida de los dioses del plano terrestre, el asiento de Afrodita había permanecido vacío.

Hera se sentó en su trono en el gran salón, sola. A pesar de sí misma, tenía una pequeña sonrisa en sus delgados labios. Ver a Hércules crear tanto caos en el mundo la había hecho sentir prácticamente mareada. Sí, amenazaba todo lo que habían establecido a lo largo de los siglos, pero eso no venía al caso. Le había proporcionado entretenimiento, había demostrado la incompetencia de Hércules y, sin darse cuenta, había hecho que Zeus pareciera un imbécil. Casi no hubo inconvenientes.

Por el momento, Hera estaba sola. Zeus volvería pronto con su hijo y no sería feliz. Hera quería presenciar la escena.

La puerta del gran salón se estremeció cuando se abrió de golpe con un fuerte estruendo. Zeus irrumpió con un Hércules que protestaba llevado a cuestas. Jasón lo siguió unos metros por detrás, mirando tímidamente de un lado a otro.

"¿Tienes idea de las responsabilidades que has abandonado?" Zeus le rugió a su hijo mientras cargaba hacia su trono. Dejó caer a Hércules directamente frente a su trono y se sentó junto a Hera, cuya sonrisa se ensanchó ligeramente. Posiblemente, esto se debió a que le gritaron a Hércules, o tal vez era la mirada de Jasón. Siempre le había gustado mucho. ¡Hera no pudo decidir cuál le agradaba más!

"Papá," se defendió Hércules. "No veo cuál es el problema aquí. Estuve fuera por un tiempo, seguro, y tal vez un poco más de lo que debería haber estado. Vamos, sin embargo, volví y mira: ¡acabo de salvar a seis humanos de estos monstruos!"

"Se llaman carros," le informó Zeus, sintiendo que su rostro se ponía rojo.

"Está bien". Hércules levantó sus manos confundidas. "¡Acabo de salvar a seis humanos de estos carros! No veo qué..."

"¡No son monstruos!" Zeus rugió. "¡Son vehículos!"

El orgullo de su victoria desapareció del rostro de Hércules cuando la realidad encontró un lugar en su cabeza. ¿Había cargado sin un plan? Quizás debería haber analizado la situación un poco más antes de simplemente atacar las cosas que había asumido que eran bestias. Era un héroe, ¿no? Era su deber salvar a los oprimidos. ¡La gente parecía estar oprimida! Era un paso lógico pensar que estos monstruos / autos eran las criaturas que estaban haciendo la opresión. Aun así, considerando el mundo extraño en el que habían entrado, tal vez debería haberse tomado un momento para calcular la situación.

"Oh," fue el resumen final de sus pensamientos mientras sus ojos se apartaban de la mirada de su padre. "No hay forma de que yo pudiera haberlo sabido," continuó, tratando de regresar sus ojos a su ubicación anterior.

"Sin embargo, eso explica la reacción," dijo Jasón desde donde estaba junto a Hércules.

"Hola, Jasón," saludó Hera al héroe. Su sonrisa se ensanchó un poco más. "¿Cómo estás?"

"Oh, hola, Hera". Jasón le dedicó su brillante sonrisa blanca. "Vaya, te ves bien. ¿Has descubierto la fuente de la juventud?"

Jasón le guiñó un ojo coquetamente y Hera se rió como una niña.

"Sí, lo he hecho," respondió ella. "Se llama *Clinique*".

"Oye". Hércules golpeó la nuca de Jasón. "¡Deja de coquetear con mi madrastra!"

"¡No estoy haciendo tal cosa!" Jasón se defendió, recuperándose del golpe inmerecido. "¡La estaba felicitando! ¡Hércules, sabes que soy un hombre felizmente casado!"

Ante la mención del matrimonio, la mente de Jasón fue

rápidamente a su esposa Medea. Dado lo mucho que había cambiado el mundo, ¿seguiría viva? ¿Seguiría siendo suya? Para que el mundo haya cambiado tanto, deben haber desaparecido durante mucho tiempo, mucho más de lo previsto. ¿Qué edad tenía ella ahora? ¿Ella siquiera lo reconocería? Jasón supuso que estaría durmiendo en el catre durante al menos un mes.

Aun así, anhelaba verla una vez más.

"¡Silencio!" La voz de Zeus retumbó a través de la habitación, dirigiendo toda la atención hacia sí mismo una vez más.

"Voy a hacerte una serie de preguntas," continuó Zeus, bajando un escalofriante ceño fruncido hacia su hijo. "Quiero que las responda de la manera más directa y sencilla posible. No hablarás entre preguntas, solo responderás a las preguntas que yo te haga y no harás tus propias preguntas. ¿Nos entendemos?"

"Sí, señor". Hércules luchó por sonar humilde. Su falta debe haber sido mayor de lo que había supuesto al principio.

Jasón se quedó en silencio a su lado, sintiéndose ansioso.

Zeus planteó su primera pregunta: "¿Dónde has estado?"

"La Taberna de, El Olvido, señor".

Por el rabillo del ojo, Jasón vio a Hera. La sonrisa de satisfacción que había adornado sus labios cuando entraron por primera vez desapareció, reemplazada por un fuego ardiente que casi quemaba dentro de sus ojos. En ese instante, Jasón se dio cuenta de una cosa: habían hecho algo increíblemente mal.

"¿Qué estabas haciendo en la taberna?"

Jasón no sintió que esta pregunta realmente necesitara ser formulada, pero sabiamente mantuvo la boca cerrada.

"¿Estábamos bebiendo... señor?"

"¿Tienes idea de cuánto tiempo llevas ahí?"

Hércules eligió su respuesta con cuidado. Ahora era bastante obvio para él que se habían ido más de lo que esperaba. Eligió una respuesta que pensó que era exagerada.

"Un año, señor".

Si es posible, el ceño de Zeus se ensombreció. Repitiendo la pregunta: "¿Alguna idea de cuánto tiempo llevabas allí?"

Respirando hondo, Hércules eligió una respuesta que parecía más imposible. "Una década, señor".

Zeus se inclinó hacia adelante en su trono. "¿Alguna idea?" rugió.

Hércules empezó a tener miedo. Empezó a temblar a su pesar. Nunca había visto a su padre tan enojado, especialmente no con él. Aun así, se había exigido una respuesta. Hércules respondió como probablemente debería haber respondido al principio.

"Demasiado tiempo, señor".

"¡Dos mil años!" Zeus respondió a su propia pregunta.

Jasón sintió físicamente la sangre en sus venas bajar hasta sus pies mientras se ponía pálido como una sábana, y su vida comenzaba a destellar ante sus ojos. "Dos mil..." balbuceó. "¿Dónde está mi esposa?"

"Medea era humana, Jasón," respondió Hera, la adoración que había sentido antes ahora desapareció de su voz. "Después de dos mil años, ¿dónde esperas que esté?"

"¡No!" Jasón lloró de dolor. "¡Eso no puede ser! Esto es un juego, ¿no? ¡Este es uno de esos juegos que a veces juegas con mortales! Hiciste arreglos para que Morfeo proporcionara un sueño de vigilia para que pudiéramos aprender una lección. Una vez que nos vayamos, encontraremos el mundo como lo dejamos". Jasón se rió desesperadamente. "Fue una buena broma, padre Zeus". Se estremeció, sin creerlo él mismo. "Considere la lección aprendida. Sí, jaja, una buena broma. Ahora, ¿dónde está Medea?"

"Pregúntale a cualquiera de los olímpicos," respondió Zeus, volviendo su mirada hacia Jasón. "Te llevarán a donde ella descansa".

Jasón salió corriendo del gran salón sin decir una palabra más.

"Es bueno ver a alguien tan preocupado por su esposa abandonada," comentó Hera, después de ver la dramática salida de Jasón.

"¿Dos mil años?" Hércules exclamó en estado de shock. "¡Eso es... eso es más largo que el gobierno de Grecia! ¿Cómo pudimos habernos ido por tanto tiempo? ¿Por qué no viniste a buscarme?

Zeus negó con la cabeza. "Te busqué por todas partes, hijo," dijo con tristeza. "No pude encontrarte en ninguna parte".

"¿Me buscaste en El Olvido?"

"Por supuesto que te busqué en..." Zeus hizo una pausa en su reprimenda. No le importaba mucho El Olvido, principalmente porque a nadie le importaba tenerlo allí. Era un aguafiestas famoso, y muchos de los que frecuentaban El Olvido lo evitaban. Podría haber descartado a El Olvido en su búsqueda.

"¿Viste cómo Jasón salió a buscar a su esposa?" Hera interrumpió a Zeus. "Sin duda, está dedicado a su relación y está dispuesto a asumir la responsabilidad de lo que ha hecho. Es bueno ver a un hombre que se preocupa tanto por sus responsabilidades maritales".

"Sí". Hércules se volvió hacia Hera, frunciendo el ceño con sarcasmo. "Es bueno ver lo rápido que me abandonó cuando ambos éramos responsables de esto. Es bueno tener un hermano que se preocupa tanto por... "

"Espera," Hércules repasó lentamente lo que estaba infiriendo Hera. "¿Dónde está mi esposa? ¿Dónde está Hebe?"

Antes de que Hera pudiera responder, Zeus se levantó de su trono y avanzó hacia donde estaba parado Hércules. "Esa no es tu preocupación en este momento," dijo. "Tú, Hércules, has abandonado tus responsabilidades. Has dejado este mundo durante siglos para perseguir tus propios deseos egoístas y hedonistas. No le dijiste a nadie adónde ibas y no pensaste en los que estarían preocupados por tu ausencia. Recorrí el mundo, preguntando todo lo que se podía encontrar sobre noticias tuyas, y no pude proporcionar ninguna información. El mundo se ha movido innumerables veces desde que te fuiste y, sin embargo, aquí estás como si nada hubiera pasado".

Alcanzando a su hijo pródigo, Zeus tomó a Hércules en sus brazos.

"Bienvenido a casa, hijo," dijo mientras abrazaba a Hércules, abrazándolo con fuerza contra su pecho.

"Gracias, papá," dijo Hércules, mientras le devolvía el abrazo.

"¿Qué?" Hera chilló mientras saltaba desde su trono. "¡Su ausencia podría ser la razón por la que estamos en el estado en el que nos encontramos ahora mismo! Si hubiera estado presente durante la guerra de los dioses, ¡el resultado podría haber influido a nuestro favor! ¡Tú lo sabes! ¿Dónde está tu ira, esposo? ¡Debe haber alguna retribución!"

Terminando el abrazo, Zeus se volvió hacia su esposa enojada. "Él es mi hijo, Hera," respondió con firmeza. "Ten la seguridad de que las consecuencias llegarán en su momento. Por ahora, permíteme simplemente alegrarme de que haya regresado".

"Gracias Padre". Hércules sonrió de oreja a oreja. En algún lugar, en el fondo de su cabeza, había escuchado a Hera decir algo sobre una guerra en la que podría haber ayudado, pero le prestó muy poca atención.

"Espera..." Hércules consideró lo que acababa de escuchar. "¿Consecuencias?"

Hera suspiró exasperada. "Me enfermas," le gruñó a Zeus mientras se derrumbaba de nuevo en su trono.

"Lo sé," afirmó Zeus.

"Entonces, papá". Hércules tocó el hombro de Zeus con

nerviosismo. "Es genial estar de regreso, déjame decirte. ¡Cómo he echado de menos este lugar! ¿Dijiste algo sobre las consecuencias?"

"Llegarán a tiempo, tenlo por seguro", dijo Zeus, volviéndose hacia Hércules. "Por ahora, simplemente alégrate de estar en casa. Ahora tengo que pasar algún tiempo con mi esposa. ¿Por qué no vas a explorar la montaña? Mucho ha cambiado durante tu ausencia. Estoy seguro de que tus amigos estarán felices de verte".

Hércules abrió la boca como si quisiera seguir con el tema, pero la mirada en los ojos de su padre lo convenció de que sería una mala idea. Se volvió para salir del salón.

"Hércules," llamó Hera cuando estaba a punto de salir.

Se volvió hacia ella de mala gana.

"Mantente fuera del armario de vinos," se burló. "Se sabe que la gente se pierde allí".

Sin una palabra, Hércules se volvió y salió del salón del trono.

Después de que se fue, Zeus se volvió hacia su esposa. "Eso no era necesario," le informó.

"Oh, lo sé," sonrió Hera. "Aún fue divertido. Además, se lo ganó. Sé que lo vas a dejar ir con una severa reprimenda si eso es así. Es probable que sea la consecuencia que tengo que esperar".

"Le dejé pasar atreves de doce trabajos por algo que era menos del treinta por ciento de su culpa," respondió Zeus con frialdad. "¿De verdad crees que voy a dejarlo tranquilo?"

"Sí," dijo Hera, volviendo su mirada fría hacia su marido. "Ese es tu modelo, ¿no? Además de eso, esto cambia nuestros planes por completo, ¿no es así? No hay forma de que podamos seguir adelante con eso ahora".

"No veo por qué no". Zeus se encogió de hombros. "Quiero

decir, nunca antes él estaba incluido en los planes. ¿Por qué esto debería alterar nuestras vidas?"

"¡Es tu hijo favorito!"

"Tal vez sea el momento de cortar el cordón. Después de todo, ¿no ha demostrado que puede sobrevivir en el mundo por sí mismo? Tal vez simplemente lo envíe de regreso a El Olvido".

Hera sonrió con malicia. "Oh," dijo, "hace frío".

Zeus entrelazó los dedos y se hizo crujir los nudillos. "Tengo mis tiempos," dijo, sonriendo con picardía.

La mayor parte del tiempo, Hera no soportaba a su marido. ¡Podría ser él tan idiota! Sin embargo, hubo momentos en que recordó por qué lo amaba.

VII

Hace mucho, mucho tiempo...

Zeus dio otro paso colina arriba. Fue un viaje largo y tedioso, pero lo consideró necesario. Por lo general, no le gustaba consultar al Oráculo de Delfos, sobre todo porque ella hablaba con acertijos y muy pocas veces le decía algo. Sin embargo, ahora mismo no tenía opciones.

El día no estuvo mal. El cielo estaba azul, los pájaros cantaban y el suelo bajo sus pies estaba cubierto de follaje verde, dando la bienvenida a cada uno de sus pasos. El Oráculo se había propuesto construir su patio en lo alto de una colina particularmente empinada. Con este fin, nadie podía llegar a ella más que aquellos que se dedicaron a su viaje. Si hubiera hecho que la ubicación fuera más accesible, nunca se habría quedado sola. Todos habrían acudido a ella para buscar su futuro y ella no habría tenido tiempo para sí misma. De esta manera, solo vendrían aquellos que realmente desearan su guía. La colina era particularmente empinada y Zeus no disfrutó haciendo el esfuerzo. Como líder de los dioses, no debería tener que hacerlo. Debería poder simplemente ir a la ubicación que deseaba, y aparecería allí. Sin embargo, el Oráculo había sido muy preciso acerca de tales esfuerzos, especialmente en lo que respecta a los dioses y que hacían exactamente eso. Zeus creía que lo que más quería era que la dejaran en paz.

Al llegar a la cima de la montaña, donde se encontraba la meseta del Oráculo, Zeus colocó la rama de laurel junto a la entrada. Este era su pago aceptado habitualmente. También tenía que ser una verdadera rama de laurel, por lo que Zeus no podía simplemente tomar una rama de roble y convertirla en laurel, como probablemente hubiera hecho. No es que el árbol de laurel fuera tan difícil de encontrar, era mucho más fácil usar algo a mano. Para encontrar una rama de laurel, primero había que localizar un árbol de laurel. Cuando eres un dios, es mucho más fácil simplemente usar lo que tienes a mano. Probablemente por eso el Oráculo exigió una verdadera rama de laurel. Parecía haber muchas estipulaciones con respecto a esta consulta y no parecía que valiera la pena el esfuerzo. Aun así, esto es lo que se ordenó.

Zeus podía ver el Oráculo desde donde estaba. Estaba tan hermosa como siempre, con su suave cabello castaño ondeando al viento y su vestido blanco envuelto apretadamente alrededor de su impecable figura. Estaba arrodillada ante un altar, construido sobre un abismo en el suelo, del que brotaban los vapores que le proporcionaban conocimientos. Zeus pudo verla respirar profundamente mientras se acercaba. Ella sabía que él estaba allí. Era muy probable que ella lo supiera incluso antes de que él decidiera venir. Aun así, ella no lo reconoció. Todo era parte del juego.

Cuando estuvo a unos metros de ella, Zeus decidió romper el silencio. "Hola, Pitia," la saludó.

El Oráculo levantó la cabeza de las brumas y sonrió con su sonrisa indiferente, revelando un pequeño hoyuelo en cada mejilla. El Oráculo nunca parecía envejecer. Quizás fueron las brumas lo que la mantuvo tan joven y hermosa. Al ver a Zeus, se puso de pie con gracia y se acercó a él.

"Zeus," lo saludó con su voz musical. "Líder de los dioses. Nos honras a mí y a Delfos al volver tan pronto".

Los acertijos ya habían comenzado. Zeus miró al Oráculo con el ceño fruncido. "No he estado aquí en décadas".

"Oh". La sonrisa del Oráculo vaciló por un momento, pero luego regresó con toda su fuerza. "Quizás eso sea cierto. No he estado prestando mucha atención".

Pitia continuó acercándose a Zeus hasta que estuvo lo suficientemente cerca para abrazarlo, besándolo suavemente a través de la barba en su mejilla. Después de esta muestra de afecto, se dio vuelta y comenzó a caminar de regreso a su altar.

"Es difícil hacer un seguimiento cuando el tiempo no es secuencial," continuó con su explicación. "O quizás simplemente no estamos destinados a ser cronológicos".

Zeus la siguió hacia el altar, observando cómo se arrodillaba sobre el abismo una vez más e inhalaba. Después de la inhalación, volvió a centrar su atención en él.

"¿Asumo que hay una razón para tu viaje?" ella le dio un codazo. "Muy pocos hacen el pasaje simplemente para estar en mi compañía".

"No puedo imaginar que lo hagan". Zeus miró hacia la colina con un suspiro. "Parece que has realizado un gran esfuerzo para disuadir a la gente de hacer exactamente eso".

"Me gusta que mi tiempo no se desperdicie," dijo el Oráculo, sonriendo. "Y, con ese fin..."

"Ah, sí". Zeus procedió a acercarse al altar. Siempre se había preguntado por las brumas. Si los inhalara, ¿vería también el futuro?

"He rastreado la Tierra," continuó con su razón de venir. "He buscado a mi hijo por todas partes."

"Hércules," interrumpió el Oráculo, revelando la identidad del hijo.

"Sí, Hércules," confirmó Zeus. "No hay rincón en el que no haya buscado. Aun así, mi hijo permanece perdido".

"Hércules no está perdido," informó el Oráculo a Zeus, desviándose una vez más hacia las brumas y respirando profundamente. "Asumes que, simplemente porque no puedes localizarlo, está perdido. Él no lo está. Hércules sabe exactamente dónde está".

"¡Oh!" Zeus arqueó las cejas con sorpresa. Casi había asumido que su hijo estaba muerto. Parecía la única opción lógica, ya que no había evidencia de él en ningún lugar de la Tierra. "¿Sabes dónde está el?"

Tan pronto como las palabras salieron de su boca, Zeus lamentó haberlas dicho.

El Oráculo levantó la vista de sus humos con una ceja cínica e insultante.

Zeus bajó la mirada. "No necesitaba preguntarte eso," murmuró, "¿verdad?"

"¿Necesitabas preguntarle al Oráculo de Delfos si sabía sobre lo que viniste a preguntar?" El Oráculo volvió su cabeza ofendida hacia la niebla. "No, no necesitabas preguntar eso. Si deseo saber algo, ese algo es lo que sé. Eres consciente de esto. Sin embargo, no importa; tienes tu respuesta".

"No tengo nada," Zeus no estaba de acuerdo con ella,

comenzando a frustrarse. "¡Necesito saber dónde está mi hijo! ¡Me acabas de decir que lo sabe!"

El Oráculo asintió. "Lo sé."

"Entonces dime," insistió Zeus.

El Oráculo negó con la cabeza. "Ya lo he hecho," insistió, mirando a Zeus una vez más. "Tu hijo no está perdido, ni se esconde. Simplemente no desea que lo molesten. No está haciendo nada que tú consideres importante, pero desea seguir haciéndolo durante un tiempo. Eso es todo lo que te diré por ahora".

"No me has dicho nada". Zeus hizo todo lo posible por mantener la calma. No sirvió de mucho enojarse con el Oráculo.

"Me has preguntado por la ubicación de tu hijo," reiteró el Oráculo, inhalando los vapores una vez más. "Te proporcioné el estado de su mente. Su mente está ubicada en un lugar muy seguro en este momento. Si tu hubieras querido su ubicación física, tal vez debiste haber sido más específico en tu pregunta".

"Necesito que su ubicación física esté aquí".

"Siempre tendrás deseos," dijo el Oráculo riendo. "Algunas cosas son simplemente más importantes que esas. Tu hijo está a salvo, te lo puedo asegurar".

Zeus suspiró de nuevo, apartándose del altar. "Hera me dijo que esto sería una pérdida de tiempo," refunfuñó, dando un paso hacia la colina, preparándose para hacer el descenso.

"¿La garantía de la seguridad de tu hijo no hace que esta visita valga la pena?" preguntó el Oráculo.

Zeus hizo una pausa y se volvió para mirar sus deslumbrantes ojos una vez más. Uno tenía un iris de oro, que revelaba el pasado, y el otro de plata, un reflejo del futuro. Al mirarlos, Zeus deseó poder ver las respuestas encerradas en su interior. Seguían siendo un misterio, solo ojos.

"Simplemente esperaba algo más," concluyó su sesión, volviéndose de nuevo y continuando su camino cuesta abajo. El

conocimiento de la seguridad de Hércules lo consoló un poco, pero no tanto como debería.

Para ser honesto, aunque estaba contento de que Hércules estuviera a salvo, apenas parecía importar. Solo sabía que Hércules no estaba allí. Quería recuperar a su hijo.

Buenas noches, damas y caballeros, soy James Novus. Esta noche, tenemos una actualización sobre el incidente de los "Gladiadores" de hace un par de días. Para aquellos de ustedes que se lo perdieron, la historia involucró una gran cantidad de autos destruidos, miembros de la fuerza policial del distrito 5 y un par de hombres vestidos de manera extraña, aparentemente jugando al Gladiador, con los automóviles como leones. Los dos hablaron en un idioma no identificable y nuestra reportera en la escena, Candace Amentia, lo había traducido como un parloteo de borracho o drogado. Ahora, parece que el diagnóstico pudo haber sido un poco apresurado. Estoy aquí con un profesor de la universidad local, el Dr. Robert Sanus, que tiene una interpretación diferente de los eventos. ¿Qué le parece, doctor?

Gracias por invitarme a tu programa de esta noche, James. Después de estudiar el video, me siento seguro al decir que los gladiadores, como usted los llama, no están hablando galimatías. De hecho, parecen comunicarse entre sí en una forma de griego antiguo. Como puede ver aquí, el mayor de los dos le pregunta a su compañero por qué la policía los está atacando. Si puedes retroceder un poco... ¡ahí mismo! Sí, el hombre más pequeño parece esperar elogios de los conductores, como si les hubiera hecho un favor al destruir sus vehículos. Desafortunadamente, el conductor probablemente no tenía "Destruido por guerreros enloquecidos" en sus pólizas de seguro (jaja). En más de una ocasión durante el combate, el mayor de los dos se refirió al otro como «Jasón», mientras que Jasón lo llamó «Hércules», quizás refiriéndose al hijo de Zeus. Me parece obvio que estos dos son...

Gracias, Dr. Sanus, por su astuto análisis. Desafortunadamente, tenemos que hacer una pausa comercial. Cuando regresamos, una gran compañía farmacéutica afirma haber curado la obesidad. Su nueva píldora no solo destruye la grasa, sino que también previene la acumulación de grasa extra sin dieta o ejercicio. Descubra cómo adelgazar sin más esfuerzo, sentado frente a su televisor. Regresaremos con el secreto en un momento.

CAPÍTULO TRES

I

Medea era la hija del rey Aeetes, gobernante del reino insular de Colchis. Su historia realmente comienza cuando Jasón, junto con los argonautas, llegaron a Colchis.

Sobre la isla de Colchis había un objeto sagrado: el Vellocino de Oro. El Vellocino había sido usado por un carnero alado. Se dijo que este carnero había rescatado a Phrixus y Helle, los dos hijos del rey Atamas de Halos, de su tiránica madrastra y los había llevado volando a la seguridad en la isla. Después de este evento, el carnero, que fue creado por Poseidón, el gran dios del mar, fue afeitado. Su vellón luego se colocó en una arboleda, y se colocó un dragón fuera de la arboleda para protegerlo. En todo el reino, no había nada que el Rey Aeetes atesorara más que este Vellocino.

Después de que Jasón se presentó ante el rey reinante de Lolkos, además de anunciar que deseaba el reino de su padre, Pelias exigió que, si Jasón era sincero, recuperara el Vellocino de Oro de Colchis. Es posible que Pelias haya creído que la misión era demasiado imposible, Jasón no podría completarla o simplemente quería el tesoro para sí mismo. Cualquiera que sea el motivo de Pelias, Jasón tenía su misión. Se puso en marcha sin ninguna duda de que lo completaría por completo.

Al llegar a Colchis, Jasón se acercó al Rey Aeetes con su solicitud para recuperar el Vellocino y presentárselo al Rey Pelias. Medea estuvo presente en la sala del trono durante esta reunión, y la vista de un hombre tan guapo la dejó sin palabras. Mientras se dirigía a su padre, Medea se sintió llena de deseo por el valiente pícaro.

El rey Aeetes se sintió insultado por la sola presencia de Jasón, y mucho menos por su solicitud de sacar un tesoro tan valioso. A modo de burla, hizo tres exigencias imposibles: primero, tenía que sembrar un campo con bueyes que lanzaban fuego (que tenía que unir él mismo). En segundo lugar, tuvo que plantar los dientes de un dragón en el campo recién sembrado (lo que no parecería tan malo, excepto que los dientes se convirtieron en un ejército completo, que Jasón tuvo que descubrir cómo derrotar). Finalmente, tuvo que pasar al dragón, que nunca dormía, que custodiaba el Vellocino. El corazón de Medea se hundió cuando vio la mirada en el rostro abatido de Jasón. Mientras su padre se recostaba en su trono, satisfecho de que el vellón permanecería en su poder, Jasón abandonó la sala del trono. Cuando salió, Medea sintió como si su corazón se fuera con él.

Esa noche, después de que su padre se durmió, Medea se arrastró hasta el campamento de los argonautas. Allí, los vio preparándose, pero no para irse, como Medea había sospechado al principio. Intentaban formular una idea sobre cómo unir los bueyes sin que se frían. Medea se acercó a Jasón directamente. Jasón la reconoció de inmediato como la hija del rey. Estuvo a punto de echarla del campamento para que no pudiera escuchar sus planes, traicionándolos así ante su padre. Sin embargo, antes de que pudiera hacer eso, Medea presentó su oferta: proporcionaría formas de completar cada una de las misiones si, a cambio, se le permitía dejar Colchis en *El Argos* una vez que se completara la misión.

Jasón estuvo de acuerdo con su oferta. Después de todo, ¿quién rechazaría a una joven tan hermosa?

II

La noche estaba fría. En el cielo, una fina capa de nubes acentuaba la luna llena. Una ligera llovizna cayó al suelo, humedeciendo la suave hierba bajo los pies de Jasón. Una brisa fresca sopló en el aire, alborotando su pelo sucio y despeinado.

Jasón no sintió nada.

Después de salir de la sala del trono, se había acercado a Artemisa, la cazadora y diosa de la luna. Ella lo había mirado con ojos llenos de compasión y fruncir el ceño apesadumbrado. Al principio, ella no le respondió, pero Jasón la presionó para que respondiera, y se preocupó cada vez más a medida que continuaba. Finalmente, Artemis le dio la ubicación.

Ahora, estaba de pie en ese lugar, mirando con una mezcla de dolor, vergüenza, pérdida y total soledad la lápida de su esposa.

Aquí yace Medea
El amor abandonado no volverá a ser olvidado
Que descanse en paz

Después de revelar el lugar de descanso final de Medea, Artemis le había contado a Jasón la historia de su desaparición. Medea no había perdido la esperanza de que su marido volviera con ella hasta que estuvo en su lecho de muerte, a la edad de cuarenta y dos, más de diez años después de que Jasón la dejara. Solo entonces abandonó finalmente su sueño de una feliz reunión. Mientras yacía allí, con la enfermedad que ahora se sabe que es el cáncer de mama devastando su cuerpo, lo maldijo a él y al día que lo conoció. A Jasón le rompió el corazón saber que Medea pensaba que la había abandonado. Le rompió el corazón, aún más, pensar que técnicamente tenía razón. Mientras estaba de pie bajo la suave lluvia en el frío cementerio, mirando la lápida helada, otro tipo de humedad comenzó a cubrir su rostro. Había destruido lo que era más importante para él, su compañera, y ahora estaba solo. No había nada que el pudiera hacer. Continuó de pie, las lágrimas brotaban de sus ojos enrojecidos. No había ningún otro lugar para él.

"Lo siento," sollozó como si las palabras de alguna manera significaran algo. "Nunca te dejé. Te amo, Medea. Lo siento".

Ahogándose en lágrimas y lluvia, Jasón se sentó sobre la lápida.

Un escalofrío sobrenatural se arrastró por el aire, llenando el cementerio. No fue el viento, ni un descenso de temperatura. Aquellos que pudieran sentirlo dirían que el escalofrío venía de dentro de ellos como si su cuerpo estuviera luchando contra el impulso de simplemente darse por vencido y dejar de trabajar. Había entrado una nueva figura, apenas ajena al cementerio. La niña estaba a solo cuatro pies del suelo, con rizos dorados rebotando en su cabeza y unos ojos plateados y brillantes. Iba vestida con un amplio vestido azul y blanco, como si se dirigiera a la iglesia un domingo por la mañana o fuera a una merienda con sus amigas. Su piel estaba pálida, al igual que su sonrisa helada. Cuando Jasón vio que la figura se acercaba, su corazón se llenó de rabia. Este era Thanatos, el espectro de la muerte.

"Ella no puede oírte, Jasón," le dijo la voz musicalmente infantil. "Ella se ha ido ahora".

Thanatos se detuvo en su avance para recoger una flor de una tumba. Con una sonrisa, lo miró mientras la flor comenzaba a perder vida. Cuando estuvo completamente muerta, Thanatos volvió a colocar el tallo donde lo había sacado por primera vez.

"Me gustan las flores," dijo, volviendo su mirada a Jasón. "Pero no parece que les agrado tanto. ¿Sabes por qué es eso?"

"¿Por qué lo hiciste, Thanatos?" Jasón rugió enojado, mientras saltaba de la lápida.

"Te dije". Thanatos se encogió de hombros. "Me gustan las flores".

"¿Por qué la llevaste?" Jasón continuó su rabia, ajeno al comentario de Thanatos. "Ella no tenía que ir por ese camino, como si estuviera abandonada. ¡Se merecía algo mejor!"

"Estoy de acuerdo". Thanatos asintió. "Medea era una persona hermosa y no me complació llevarla. Sin embargo, su cuerpo estaba cansado de vivir y, por lo tanto, necesitaba mis servicios".

Jasón se paró junto a la niña, de la forma más amenazadora posible. "Podrías haberla rechazado," gruñó.

Thanatos se rió con picardía, claramente indiferente al despliegue de testosterona. "Podría haberlo hecho, sí", dijo, "pero decidí no hacerlo. A menudo elijo no hacerlo, como te dirían los ocupantes de este cementerio, si todavía tuvieran labios para hablar".

Jasón se frustró por su incapacidad para intimidar. "Podrías haber hecho una excepción," continuó, irracionalmente. "Ella era tu amiga".

La apariencia de la niña inocente se desvaneció levemente cuando sus dulces ojos plateados se desaparecieron, reemplazados por orbes negros como la tinta. Jasón se volvió para mirar a Thanatos y el escalofrío volvió a sacudirle los huesos.

"Eres mi amigo, Jasón," le informó la figura, con la voz sin alegría. "Solo te llamo así porque no me temes como los demás. No confundas mi relación contigo como un vínculo con tu esposa. No honro el matrimonio ni ninguna unión terrenal. Medea no significó nada para mí".

Eres mi amigo, es cierto, pero incluso tú algún día me necesitarás, y yo tampoco te rechazaré. Ese día caminarás conmigo y tu cuerpo se descompondrá y se convertirá en polvo, como lo hacen los cuerpos. Morirás, y quizás entonces te reúnas con tu novia abandonada".

En un repentino torrente de emoción, Jasón cayó de rodillas ante Thanatos. "Llévame ahora," exigió, ofreciéndose a ella.

El plateado regresó a sus ojos cuando Thanatos juguetonamente levantó su dedo índice hacia el rostro de Jasón. Si Jasón sintió miedo, este fue eclipsado por su deseo de ver a su Medea una vez más. No era así como esperaba morir, pero ahora era la única forma. Este mundo extraño no era suyo y no quería tener nada que ver con él. Cuando sintió el dedo de la Muerte trazando su rostro, su cuerpo latió brutalmente, resistiendo el tirón. Jasón cerró los ojos, deseando la liberación de la Muerte.

El dedo de Thanatos se presionó contra su nariz y ella emitió un sonido de «BOOP». Con el sonido, los escalofríos se desvanecieron. Jasón abrió sus ojos sorprendidos para ver el rostro ampliamente sonriente de Thanatos, sacudiendo su cabeza hacia él.

"No," dijo ella. "Tu boca me desea, pero tu mente no.

Todavía queda mucho por hacer aquí. Realmente no me quieres, solo bromeas".

Moviendo la cabeza con juguetona indignación, Thanatos se dio la vuelta y comenzó a alejarse.

Jasón se acercó a ella. "¡No me queda nada aquí!" gritó, desesperado.

"Quizás lo hay". Thanatos lo miró sin detener su salida. Quizás no lo haya. No cambia nada, bromista. Adiós."

Thanatos abandonó al angustiado héroe arrodillado en el barro fresco, cubierto de lágrimas y lluvia. Jasón la vio irse, sin saber cómo proceder. Poniéndose de pie, se volvió hacia la tumba de Medea una vez más. Se tendió ante la lápida, separado de su novia por dos metros de tierra. Allí yacía, llorando en el suelo como si sus lágrimas pudieran revivir su amor de alguna manera.

III

Hércules salió de la cámara de baño, sintiéndose genial y oliendo mucho mejor que cuando entró. Los alojamientos modernos no habían sido difíciles de traducir. El jabón seguía siendo jabón, después de todo. El paño para frotar y luego aplicarlo sobre el cuerpo, era un aditivo lógico. El champú era nuevo, al menos en el formato en el que se presentaba, al igual que el acondicionador. Aunque, estos artículos habían representado un pequeño desafío, ya que las instrucciones eran algo claras sobre cómo usarlos: frótelos en el cabello. Hércules realizó este ritual dos veces, disfrutando de los olores.

Al salir de la ducha, Hércules se encontró con un desafío: la navaja de tres hojas. Verse a sí mismo en el espejo había sido un shock al principio, ya que estaba acostumbrado a reflejos en fragmentos de vidrio más primitivos o en charcos de agua. Estaba asombrado de lo guapo que era. Por supuesto, eso era algo habitual, incluso en dispositivos reflectantes menos adecuados. Después de la ducha, se envolvió el torso con una toalla, como su padre le había enseñado a hacer, y se trasladó al dispensario de agua al que Zeus se había referido como el lavabo. El espejo colgaba encima y detrás del lavabo. Hércules miró su reflejo mientras recogía la navaja que le habían proporcionado. Se lo llevó a la cara y se lo pasó por la línea de la mandíbula izquierda. Para su asombro, el cabello que había estado allí antes de desaparecer. Volviéndose hacia la navaja, descubrió el cabello, atrapado entre las tres hojas paralelas. Se había afeitado en el viejo mundo, por supuesto, pero nunca con un dispositivo como este. Siempre había sido con una sola hoja de afeitar, y difícilmente había sido tan cómodo.

Hércules procedió con el ritual de afeitado y lo completó salpicándose el líquido para después del afeitado en la cara, como le había mostrado su padre. Ardía al principio, pero se enfrió un momento después. Después de recuperarse del ardor, Hércules tomó el tubo que contenía la pasta blanca. Hércules se volvió hacia el cepillo que estaba al lado del dispensador de agua y untó la pasta, tal como Zeus le había mostrado. La pasta olía exótica y tentadora. Incapaz de resistir la tentación, Hércules apretó una pequeña cantidad de la pasta en su boca. Agitándolo, descubrió que el sabor tampoco era malo. Tragó una buena cantidad de pasta antes de continuar con el lavado de dientes, como le habían mostrado.

La ropa que le habían proporcionado parecía extraña. Hércules no podía imaginar por qué alguien querría sus piernas con prendas tan restrictivas. Con su túnica, tenía un rango de movimiento mucho mejor y tenía mucho más sentido. Se sentía preso, vistiendo esta ropa, que su padre había llamado "jeans". Ahora, los bóxers que Zeus le había dicho que usara debajo de los jeans eran mucho más realistas. Tal vez los usaría de ahora en adelante y se olvidaría por completo de los jeans.

Los zapatos parecían complicados. Hércules optó por usar las sandalias que Zeus le había proporcionado como alternativa.

Al salir de la habitación en la que le habían dado para prepararse, Hércules fue inmediatamente consciente de las miradas y comentarios susurrados que parecían seguirlo. Después de descubrir cuánto tiempo había estado fuera, no se sorprendió. Zeus dijo que lo había estado buscando por toda la Tierra, lo que habría sido conocido en todo el Monte. Mientras caminaba, se sintió un poco culpable. Tenía responsabilidades que había descuidado, y eso fue decepcionante. No podía esperar a volver a ver a Hebe. Ella al menos estaría feliz de verlo. Por supuesto, ella era la hija de Hera. ¿Quizás ella pudo haberse preocupado que él no le hubiera dicho adónde iba? De cualquier manera, Hércules confiaba en que él estaría feliz de verla.

Zeus y Hera habían sugerido que Medea, la esposa de Jasón, había muerto. Medea había sido mortal, por lo que era razonable. Hebe era la hija de Hera, lo que la convertía en medio dios, al menos. Seguramente, ella no estaría muerta. Era casi imposible matar a un dios, y solo la mitad de difícil matar a uno de sus descendientes. Hércules no tenía idea de quién era el padre de Hebe, pero dado el gusto de Hera por los hombres, probablemente no era un humano promedio. Ella estaba bien, dondequiera que estuviera, estaba seguro. Estaba seguro de ello.

Caminando por el monte, escuchó un sonido con el que estaba familiarizado. Era música, el hermoso sonido de un instrumento tocado por expertos (¿Lira? ¿Arpa? No, algo más...)

que venía de la esquina, acompañado de una voz de barítono. Cuando Hércules reconoció la voz, una sonrisa se deslizó por sus labios. Dio un paso un poco más rápido mientras buscaba al dueño de la voz.

A la vuelta de la esquina, vio al vocalista: Apolo, sentado en un taburete, rasgueando un instrumento de cuerda que reconoció del escenario de El Olvido, que estaba apoyado en su rodilla. Creía recordar a Dionisio refiriéndose a ese instrumento como a una guitarra. Hércules se acercó a Apolo, quien lo miró y sonrió. Hércules reconoció la canción y se unió. Mientras los dos cantaban, el aire se llenó de voces de musas e instrumentación más allá de lo que estaban proporcionando. Cuando el dios de la música tocaba una canción, el aire proporcionaba la música que estaba ausente de la melodía.

¿Vas a ir a la feria de Scarborough?
Perejil, salvia, romero y tomillo
Me recuerda a alguien que vive allí
Para ella fue una vez el verdadero amor mío

Hércules siguió la canción de Apolo lo mejor que pudo, aunque cualquier cosa más allá del primer verso le resultaba un poco extraño. Lo habían interpretado varias veces en El Olvido, pero Hércules no había prestado tanta atención a nada más allá del verso uno.

Dile que me compre un acre de tierra
Perejil, salvia, romero y tomillo
Entre el agua salada y el mar con sus hebras

Entonces ella será el verdadero amor mío

Apolo lo miró con una risa burlona mientras Hércules buscaba a tientas la letra. Por un verso, Apolo dejó de cantar y se unió solo en armonía, como para burlarse de Hércules por no conocer mejor la canción. Como si complementaran sus esfuerzos, los débiles susurros de las Musas hicieron eco de las palabras que Hércules tanteó.

Dile que lo ate en una hoz de cuero (bramidos de guerra, ardiendo en batallones escarlata)
Perejil, salvia, romero y tomillo (los generales ordenan a sus soldados que maten)
Y juntarlo todo en un montón de brezos (Un soldado limpia y pule un arma)
Entonces ella será el verdadero amor mío

Para el coro final, simplemente repitieron la primera estrofa. Hércules confiaba en eso, y los dos cantaron, acompañados por la orquesta del aire.

Después de completar la canción, Apolo dejó su guitarra a un lado, se puso de pie y abrazó a su hermano perdido hace mucho tiempo. "¡Hércules!" el exclamó. "¡Vaya, es bueno verte! ¡Han pasado siglos! Sin embargo, todavía no puedes cantar".

Hércules se rió. "Bueno, viniendo del Dios de la Música, supongo que no es un gran insulto".

Después del abrazo, Apolo retrocedió para examinar a su hermano pródigo. "¿Dónde está tu camisa, hombre?" preguntó cínicamente. "Realmente no eres tan guapo".

"Sí, lo soy," respondió Hércules, flexionando su bíceps

derecho en broma. "Y... bueno, realmente no pude averiguar cómo usar la prenda superior. Estoy seguro de que habrá mucho tiempo para resolverlo más tarde".

"No lo sé, hombre," se burló Apolo, volviendo a su asiento y cogiendo su guitarra de nuevo. "Las camisas son algunos de los desarrollos más complejos de la era moderna. Si puedes descifrar como usar las camisas, la física cuántica y el paralelo astronómico serán pan comido".

Hércules no entendió ni la mitad de las palabras que Apolo acababa de usar, pero se estaba acostumbrando a eso, por lo que no dijo nada.

"Entonces," continuó Apolo, rasgueando secuencias de acordes al azar en su guitarra, "*Scarborough Fair* es una canción bastante moderna, relativamente hablando. Quiero decir, la última vez que te vi, las canciones de ese rey judío seguían siendo bastante populares. ¿Cómo la aprendiste?"

"El Olvido," respondió Hércules.

"¿El bar?" Apolo se rió, haciendo una pausa en su rasgueo para mirar con incredulidad a los ojos honestos de Hércules. "¿Es ahí donde estabas? Dios mío, eso es... ¡eso está tan mal! Papá buscó en todo el mundo al menos tres veces, ¡y en un millón de otros lugares diferentes! ¡No pudo encontrar nada!"

Hércules frunció el ceño. "El Olvido es un lugar bastante popular," dijo. "Se podía pensar que él habría buscado allí".

"A la mayoría de los atletas olímpicos no les gusta mucho El Olvido," razonó Apolo. "Papá estuvo allí por un tiempo, pero nadie quiso hablar con él. Además, mamá lo pasaba mal cada vez que volvía a casa, ya fuera por coquetear con las ninfas o por descuidar sus deberes. Finalmente, se rindió y dejó de ir. Sinceramente, no creo haber visto nunca a Dionisio más feliz. Al parecer, papá es un famoso aguafiestas. Sin embargo, creo que papá envió un emisario allí para buscarte".

Hércules recordó su tiempo en El Olvido. Podría haber

jurado que vio a Ares allí, y Artemis también había venido con Orión. Tal vez el Campo de la Sobriedad les había hecho olvidar verlo allí, o tal vez simplemente no lo habían notado. Si Zeus hubiera estado tan preocupado como Apolo afirmó que estaba, ¿no sería él algo que la gente hubiera notado y recordado? El mundo había cambiado mucho en su ausencia. ¿Fue culpa suya?

"¿Qué pasó con el mundo, Apolo?" Hércules preguntó al músico. "Ya ni siquiera lo reconozco. Es como si mi mundo fuera destruido y reemplazado por este nuevo caos".

Apolo asintió. "Lo fue," admitió. "Y luego, se construyó de nuevo y se destruyó innumerables veces más. Hace bastante tiempo que te fuiste, hermano. El tiempo pasa y las cosas cambian".

"¿Pero cómo?" Hércules insistió. "¡Las cosas no podrían haber salido tan mal!"

"Bueno, la guerra de los dioses cambió muchas cosas".

Apolo le indicó a Hércules que se sentara una vez más. "Si quieres, puedo contarte un poco al respecto".

Hércules regresó a donde estaba sentado, y los dos comenzaron a hablar de lo que había sucedido.

IV

Hace mucho, mucho tiempo...

Zeus entró en la habitación. Dentro de la habitación, había una mesa. Alrededor de la mesa se sentaron cinco personas, de las cuales solo reconoció a una.

A la cabecera de la mesa estaba sentado un hombre corpulento y barbudo, que llevaba un casco con cuernos y sostenía un cetro. Directamente a su derecha estaba sentado un niño, que aún no había cumplido la adolescencia por su apariencia, que llevaba un extraño sombrero puntiagudo y vestía una túnica larga. A la derecha del niño había lo que parecía un cruce entre un arbusto y un hombre. Zeus tuvo problemas incluso para distinguir un rostro.

A la izquierda del hombre barbudo estaba sentado un hombre alto y de aspecto fuerte, de piel muy oscura. Este hombre no parecía muy feliz de estar allí. A la izquierda de ese hombre se sentaba la única persona que Zeus conocía: Ra, el dios sol de los egipcios. Miró hacia arriba cuando Zeus entró. De atrás del rostro de ojos de halcón, Zeus creyó reconocer algo. Teniendo en cuenta cómo Alejandro de Macedonia había tratado a Egipto, Zeus no podía imaginar que fuera u buen augurio.

Mientras se acercaba a la mesa, un extraño chirrido y chasquido emergió del arbusto. El Hombre Oscuro se volvió hacia Zeus, arqueando una ceja.

"El Hombre Verde dice que llegas tarde," interpretó con frialdad.

"Sí," respondió Zeus, tomando el último asiento que quedaba al pie de la mesa. "Supongo que sí. Nunca me dijeron que hubiera una reunión aquí, y solo me enteré hace poco".

El Barbudo se rió a carcajadas. "No te preocupes, recién llegado. Después de todo, apenas hemos comenzado".

"Moza," el Hombre Barbudo chasqueó los dedos, y una hermosa mujer rubia, con los pechos cubiertos de una armadura metálica y un vestido plisado atado a la cintura, corrió a su asiento.

"Tráele algo de beber a nuestro hermano," le ordenó. "Sin duda tiene sed después de su viaje desde..."

Miró a Zeus expectante.

"¡Oh!" Zeus se dio cuenta de que el Hombre Barbudo tenía la misma idea de la identidad de Zeus como Zeus tenía de la suya. "Grecia. Bueno, Roma... o el Monte Olimpo, si quieres ser específico".

"Zeus," se burló el Hombre Oscuro, identificándolo.

"Sí, soy Zeus," confirmó. Girándose a su izquierda, saludó a su vecino con cabeza de halcón. "¿Cómo estás, Ra?"

"Estoy bien," respondió Ra con frialdad. "Solo un poco insultado por la convocatoria de esta reunión. ¿Cómo estás?"

"Estoy bien". Zeus sonrió de la manera más convincente posible. "Un poco confundido, quizás. ¿Qué es esto exactamente?"

"Este es un encuentro de dioses," respondió el Hombre Barbudo. "Dado que ahora somos tantos, que venimos de todos los rincones del mundo, pensamos que sería mejor reunirnos y evaluar nuestros dominios. Soy Odín, de los nórdicos. Parece que ya conociste a Ra, el sol..."

"Puedo hablar por mí mismo, gracias," interrumpió Ra a Odín. Asumiendo una postura orgullosa, anunció: "Soy Ra, el gran dios sol de Egipto".

"¿Deberíamos estar todos impresionados ahora?" El Hombre Oscuro se burló de la afirmación de Ra. "¿Quizás sacrificar algunas cabras, o prefieres las vírgenes?"

"¿Quién eres tú para hablarme como tal?" Ra gritó insultantemente al Hombre Oscuro. "¡Exijo respeto! ¡Soy el gran dios sol de Egipto!"

"Sabes, escucharlo por segunda vez hace que suene más impresionante". El Hombre Oscuro se volvió hacia Zeus. "Soy Ngai, dios de..."

"¿Te atreves a insultarme?" Ra apartó su asiento de la mesa y se puso de pie, colocando las palmas de las manos sobre la superficie de la mesa. "¿Insultarías a Ra, el gran dios sol de Egipto?"

"Sabemos quién eres, Ra," tronó Odín. "¡No necesitas seguir recordándonos! Ahora, por favor, siéntate".

Ra regresó a regañadientes su silla a su posición alrededor de la mesa.

"Como estaba diciendo," Odín reanudó su rol, señalando al hombre-arbusto, "este caballero no tiene realmente un nombre. Solo se le conoce como El Hombre Verde".

"Y este pequeño a mi lado," Odín acarició juguetonamente la cabeza del niño, aplastando un poco el sombrero, "se llama Merlín".

"Soy joven, no pequeño," protestó Merlín, enderezando el sombrero, solo para que se le cayera de nuevo. "No me llames pequeño".

"Tienes suerte de que te llamen," murmuró Ngai.

"A mí tampoco me gusta esta mesa," continuó Merlín, ignorando la crítica. "Debería ser redonda. Eso simbolizaría más la igualdad, ¿no?"

El Hombre Verde chilló.

"¡El Hombre Verde se pregunta por qué estás aquí!" Ngai tradujo.

"Bien," estuvo de acuerdo Ra. "¡Ni siquiera eres un dios!"

Zeus observó esta interacción con cierto interés. Todavía no estaba del todo seguro de lo que estaba sucediendo en esta reunión. Quirón le había informado sobre la reunión apenas esta mañana. Había pensado que sería bueno asistir ya que muchos de los otros dioses también estarían allí. Había estado esperando más asistentes persas y babilónicos, dioses con los que ya estaba familiarizado. Estos dioses eran nuevos. Representaban pueblos de los que apenas había empezado a oír hablar recientemente. Empezaba a comprender que el mundo se estaba volviendo un lugar más grande. Con más culturas, naturalmente, habría más dioses. Zeus sabía que incluso entonces había sido gracioso, pero había asumido que más personas interac-

tuando significaban que tendría más adoradores. Esto solamente parecía natural.

"Quiero que lo sepas," interrumpió la voz preadolescente de Merlín, "¡se acerca el día en que criaré y seré tutor del gran y futuro rey!"

"¡Debería pensar que no!" Ngai respondió.

"Si va a haber un rey de una vez y en el futuro, será de Egipto". Insistió Ra.

"Ni siquiera tienes reyes," argumentó Ngai con frustración. "¡Tienes faraones!"

El Hombre Verde parloteó.

"El Hombre Verde te pregunta si va a ser el Gran Rey Sol de Egipto," informó Ngai a Ra. "También dice que no solo conoce al único y futuro rey, sino que también sabe de qué tribu celta proviene".

"¿Por qué es que solo tú entiendes al Hombre Verde?" Ra desafió a Ngai. "¿Qué garantía nos puede dar de que lo que está traduciendo es en realidad lo que él está diciendo?"

El Hombre Verde refunfuñó.

Ngai hizo un gesto hacia él y miró a Ra. "Ahí tienes," dijo.

"¡Suficiente!" Odín golpeó la mesa con un puño, desviando toda la atención hacia sí mismo. "Esta discusión es inútil. No estamos aquí para debatir la semántica, estamos aquí para dividir nuestros territorios".

"Oh, mis hermanos y yo ya hicimos eso," dijo Zeus. "Poseidón tomó dominio sobre el mar, Hades tomó el inframundo y yo conseguí la tierra por encima del nivel del mar. Todos son bienvenidos a ayudarme si lo desean. Un dios siempre podría usar ayudantes, especialmente con este mundo en expansión".

Los cinco pares de ojos se volvieron hacia él con sorpresa. Odín y Ra sofocaron la risa.

Zeus frunció el ceño. "¿Qué me estoy perdiendo?"

"Todos somos líderes aquí, Zeus". Odín extendió los brazos para indicar a los ocupantes de la habitación. "Cada uno de nosotros tiene sus propios panteones, seguidores y religiones. Para eso es este encuentro: para dividir el mundo en áreas de influencia, donde cada uno tendrá nuestras estructuras establecidas".

"No te preocupes, Zeus," le aseguró Ra. "El mundo es un lugar grande, cada día más grande. Estoy seguro de que habrá espacio suficiente para todos".

Zeus suspiró. Empezaba a arrepentirse de haber asistido a esta reunión.

V

El Olvido estaba sorprendentemente vacío. Algunas Furias ocuparon una mesa en la esquina, sentadas y bebiendo sus bebidas mezcladas, compartiendo historias de sus variadas desventuras mientras lograban su búsqueda de venganza. En otro lugar, Narciso se sentó, mirando su reflejo en la copa de vino blanco con esa sonrisa satisfecha en sus labios. Junto a él estaba sentada su cita, una joven que vestía batas de hospital. Un par de ménades, las camareras de Dionisio, deambulaban por la habitación, limpiando mesas o rellenando bebidas. Salvo por el sonido de la conversación de las Furias, que no era tan silenciosa como les gustaba creer que así fuera, el bar estaba en silencio. El Olvido rara vez era silencioso.

La razón de la falta de actividad sorprendente del bar se sentó en la barra que estaba siendo atendida por el propio Dionisio. Dionisio, vestido con una bonita camisa blanca, pantalones negros plisados y zapatos caros, evitando la mirada del cliente sentado en la barra tanto como pudo. Fingió estar limpiando sus vasos o trapeando la barra ya limpia una y otra vez.

El residente del bar bajó su jarra de cerveza con un fuerte ruido. "Otro más," exigió, su voz pesada.

Dionisio puso los ojos en blanco mientras llevaba la jarra de cerveza fría a donde estaba sentado el cliente. Llenó la taza de Zeus con el néctar dorado.

"La cerveza es realmente repugnante," dijo Zeus, llevándose la jarra a los labios y bebiendo profundamente. "No sé por qué alguien lo bebe. Realmente, realmente no es buena".

Zeus negó su afirmación con otro trago profundo.

"Papá..." comenzó Dionisio.

"Lo sé, lo sé," interrumpió Zeus. "No debería estar bebiendo tanto. No es saludable o algo así, ¿verdad? Bueno, he tenido un día difícil... necesito relajarme".

"En realidad, te iba a decir que esta es solo tu segunda cerveza," dijo Dionisio, mirando a su padre a los ojos. "No hay forma de que puedas estar tan intoxicado como estás tratando de actuar. No necesitas hacer teatro por mí".

Zeus asintió. "¿No eres el dios del teatro?" preguntó como si estuviera sorprendido de que su actuación no fuera más apreciada.

"Sí, lo soy," respondió Dionisio, volviendo a sus "deberes" de limpieza. "Esa es una de las razones por las que te digo que dejes de hacerlo. No puedes actuar, papá".

La puerta principal se abrió y Dionisio miró expectante. El dios egipcio, Set entró a través de la puerta con una joven dama de piel bronceada particularmente deslumbrante en su brazo. Dionisio le sonrió rápidamente, pero cuando Set vio a Zeus sentado en la barra, se dio la vuelta y se fue, llevándose sus asuntos a otra parte. Dionisio suspiró. Aunque amaba (o al menos toleraba) a su padre, Zeus era horrible para los negocios.

Zeus se permitió otro trago largo de su jarra. Dionisio se trasladó a donde estaba sentado su padre y volvió a llenar la jarra antes de que su padre tuviera tiempo de pedirla.

"¿Cómo pudiste hacerme esto, Dionisio?" Zeus gimió mientras volvía a llenar la jarra. "¿Cómo pudiste mantener a mi hijo aquí durante más de dos mil años? Me reuní contigo varias veces durante estos años. Podrías haber dicho algo. Sabías lo preocupado que estaba por él".

"Ya hemos superado esto, papá," dijo Dionisio con la mayor calma posible. "No tenía ninguna razón para pedirle que se fuera. En realidad, todo lo contrario: él y Jasón fueron grandes éxitos por aquí. Incluso realizaban un espectáculo en el escenario de vez en cuando. Los clientes parecían disfrutarlos mucho y eso era bueno para el negocio. Además, no tenía ninguna razón para avisarle de su prolongada presencia aquí. En el mismo sentido, no tenía ninguna razón para alertarte sobre su actividad. Si lo hubieras sabido, habrías venido y te lo habrías llevado, lo que podría haber sido potencialmente malo para el negocio. Además, y odio ser infantil sobre esto, pero nunca preguntaste".

Zeus negó con su cabeza cansada. "No te di esta barra para que pudieras secuestrar a mi hijo," gruñó.

Dionisio suspiró por enésima vez desde que había entrado su padre. "No me diste esta barra," dijo. "Pago por esta barra con un alto porcentaje del mejor alcohol que traigo. Esa es la mercancía que no puedo vender a mis clientes. ¿No es eso un pago?"

"Ahora, volviendo a Hércules: una vez más, no lo secuestré. Hércules vino aquí de buena gana. Simplemente no le pedí que se fuera y, como he dicho, todavía no me ha dado una razón para convencerme de que debería haberlo hecho. ¡Dirijo un bar, papá! Los bares no funcionan si el propietario echa a sus mejores clientes".

"¡Viste lo preocupado que estaba!"

"Tus emociones no son mi responsabilidad".

Dionisio regresó al mostrador, limpiando el polvo invisible una vez más. Zeus trago rápidamente otra bebida.

"Esto es realmente repugnante," refunfuñó Zeus.

"Y, sin embargo, sigues bebiéndola," respondió Dionisio sin levantar la vista.

"Envié a Cupido aquí para buscar a Hércules, ¿sabes?"

"Recuerdo". Suspiró Dionisio al recordar el incidente. "No vuelvas a hacer eso. Si le entra un poco de alcohol, Cupido tiende a ser un poco liberal con su distribución de feromonas. Pasé dos horas tratando de quitarle a Ares a una de mis camareras".

"Hera no está contenta con esto," declaró Zeus como si fuera una noticia.

"Eso no es raro". Dionisio miró a su padre. "¿Afecta eso todos tus planes?"

Zeus se volvió para mirar a su hijo con curiosidad. Levantó las cejas. "¿Debería?"

Dionisio sonrió. "Solo pensé en preguntar," respondió.

Los dos continuaron su interacción en relativo silencio. Zeus continuó bebiendo su repugnante bebida, y Dionisio continuó deseando que se detuviera pronto. Después de todo, tenía un bar. Los bares no funcionan si el propietario se niega a pedirles a sus peores clientes que se vayan.

VI

Morfeo nunca se había considerado a sí mismo como particularmente atractivo. Claro, su lujosa melena blanca tenía mucho cuerpo y estaba bien cuidada. Su piel era suave y pálida, aún más por el pelo que la rodeaba. Sus ojos eran de color marrón oscuro, casi negros, y cuando miraban fuera de su rostro pálido, aquellos que los miraban podían sentirse arrastrados hacia la oscuridad del sueño. Era alto, de aproximadamente 1 metro 85 centímetros, delgado, con buena musculatura. Sus uñas eran un poco largas, pero estaban limpias y bien cuidadas. Su postura era perfecta y su paso era fuerte.

Morfeo nunca se había considerado a sí mismo como particularmente atractivo. Sabía que lo era, pero no le gustaba alardear de ello. Más bien, no le gustaba alardear sobre nada de esto.

Originalmente, la Tierra de los Sueños, el reino de Morfeo, se encontraba en el Inframundo, adyacente al dominio de Hades. Después de que los dioses se exiliaran a esta dimensión alternativa, Morfeo había trasladado la mayor parte de su reino al Importante Olimpo. Tenía sentido ya que podía estar en mejor contacto con los otros dioses, y Zeus tenía más recursos para su investigación.

Después de la guerra, muchos de los dioses sintieron que necesitaban ser una comunidad más unida, por lo que se volvieron más céntricos. Incluso Hefestos, que tradicionalmente prefería que lo dejaran solo, trasladó su taller a un área privada donde podría trabajar en sus desarrollos tecnológicos. Casi los únicos dos que se negaron a trasladarse fueron Hades y Poseidón. Dado que sus propios reinos eran los más amplios y demostrativos, tenía sentido. Querían mantener sus propias realidades privadas. Poseidón en realidad había permanecido en la dimensión de la Tierra ya que no había participado mucho en la guerra, y muy pocos de sus enemigos se habían atrevido a desafiarlo. Poseidón era uno de los tres dioses más poderosos (Zeus, Hades y él mismo). De estos tres hijos del Titán Cronos, algunos dirían que era el más fuerte. Incluso los dioses en guerra sabían que no atacarían a Poseidón. Si lo hubieran hecho, el final de la guerra podría haber sido muy diferente. También ausente del Olimpo, al menos, en su mayor parte, estaba la hermana pequeña de Morfeo, Thanatos. Siempre había sido un espíritu libre, vagando por donde quería. Nadie se quejó realmente de no tenerla como residente en el Olimpo.

Después de que Morfeo se mudó, vio que necesitaba integrarse en los círculos sociales. Siempre había conocido a los dioses por casualidad, pero nunca había interactuado realmente con ellos, al menos no a nivel personal. Ahora que iba a estar tan estrechamente asociado con ellos, la camaradería parecía ser una necesidad. Después de todo, si iban a estar juntos, parecía tener sentido que al menos fueran amigos.

La amistad con cada uno de ellos parecía ilógica. Morfeo no era el individuo más sociable de todos modos, y no tenía sentido para él intentar forzar una amistad con cada dios o diosa del Olimpo. Morfeo eligió unos pocos para acercarse. Artemisa parecía ser una elección lógica. Después de todo, ella era la diosa de la luna, y la noche era cuando él hacía su mejor trabajo. Los dos parecían relacionarse con muchos problemas, y Morfeo disfrutaba pasar tiempo con ella. Era libre o al menos daba la impresión de serlo, y ella no estaba tan obsesionada con el sexo como parecían estarlo muchos de los demás. Siendo el señor de los sueños, Morfeo estaba familiarizado con todos los tipos de sexo, habiendo visto y provisto a cada uno en mentes individuales durante el tiempo que había estado trabajando. Después de verlo durante tanto tiempo, Morfeo había dejado de ver su atracción. No es que se opusiera al sexo, por regla general. Simplemente no creía que fuera todo lo que la gente pensaba que era.

Mientras caminaban juntos, Morfeo notó que Artemisa olía bien. En general, olía bien, por lo que esto no fue una sorpresa en sí mismo, pero Morfeo estaba especialmente agradecido por el aroma hoy. Olía como un campo de lilas recién llenas de lluvia. Morfeo nunca había olido eso en particular antes, pero imaginó que olía algo como ella ahora.

Estaba vestida con un pantalón de mezclilla, zapatos tenis y una camiseta cómoda. Él Iba vestido con unos pantalones negros con pliegues, mocasines y una camisa gris. Los dos caminaban juntos por el patio, hablando entre ellos y escuchando el sonido distante de la guitarra de Apolo.

"He estado pensando," Artemis comenzó a reflexionar. "¿Recuerdas cómo solían tratar los romanos a los cristianos?"

"Por supuesto que sí," asintió Morfeo. "Los cristianos fueron llevados al estadio para darles de comer a los leones o simplemente para matarlos por diversión. Eso era lo que pasaba por entretenimiento en ese momento. Fue un deporte".

"Lo recuerdo," Artemis asintió, estremeciéndose levemente. "Bueno, solo estaba considerando el destino de Roma. Ese fue realmente el colmo de su poder. Quiero decir, se podría decir que Roma nunca se recuperó por completo del incendio en la época de Nerón. Pasó de allí al Imperio Bizantino, y de allí a... bueno, ¿qué se encuentra en suelo romano ahora?"

"Ya ni siquiera es Roma". Morfeo se encogió de hombros. "Creo que lo llaman... oh, comienza con una «V»..."

"El Vaticano," Artemisa terminó su declaración. "Roma es ahora el Vaticano, la sede de la Iglesia Católica. Después de todos esos años en los que Roma masacró a cristianos, ¿no diría que los cristianos... ganaron?"

Morfeo negó con la cabeza. "Ese era Constantino," dijo. "Él fue quien llevó el catolicismo al público. En mi opinión, lo hizo como una forma de controlar a la gente bajo una religión unida, en lugar de cultos individuales dispersos, cada uno dedicado a su propia deidad. Fue una estrategia brillante si lo piensas bien.

El catolicismo tiene un diseño mucho más rígido que cualquiera de nuestros sistemas".

Artemisa se encogió de hombros. "Me estaba dando cuenta de que no hay más Roma, pero todavía hay miles de millones de cristianos, bailando sobre las cenizas del imperio caído de Roma".

"Notablemente". Morfeo asintió.

Empezó a considerar lo que había dicho Artemisa.

La música de Apolo se hizo más y más fuerte cuanto más se acercaban a su ubicación. Morfeo y Artemisa pasaron junto a él, asintiendo casualmente al músico. Parecía estar bastante absorto en una conversación con alguien. Morfeo sintió que debería reconocer quién era, pero por alguna razón, no pudo ubicarlo de inmediato.

Comenzó a considerar lo que Cupido le había dicho antes.

Morfeo se detuvo en seco a unos metros de donde estaba sentado Apolo. Se volvió para examinar al interlocutor. ¡Él sabía quién era!

Artemisa también se detuvo. "¿Hay algo mal?" preguntó, volviéndose y siguiendo la mirada de Morfeo.

"No lo sé," tartamudeó Morfeo. "¿Ese es... es realmente Hércules?"

"Sí lo es". Artemisa asintió. "Regresó hace poco. Me sorprende que no te hayas enterado. El lívido de Hera".

"No puedo imaginar por qué," murmuró Morfeo con sarcasmo. Continuó examinando al retornado héroe con una mirada perpleja.

"Morfeo" le instó Artemis. "¿Qué está pasando?"

Morfeo no le respondió. Comenzó a considerar a Homero y uno de sus libros menos populares.

VII

La cabeza de Hércules daba vueltas. Las historias que le contó Apolo sobre los dioses y su exilio de la dimensión terrestre eran increíbles. La guerra que habían librado con los panteones extranjeros fue, a la vez, inquietante, alarmante, decepcionante y emocionante. Hércules se preguntó si, de no haber estado en El Olvido, el resultado habría sido diferente. Hera parecía pensar que habría sido así, pero era más probable que su destino hubiera sido el mismo que el de otros héroes, como Teseo, Ulises y Atalanta.

"Entonces," Hércules interrumpió a Apolo mientras se detenía para tomar aliento, "¿me estás diciendo que Afrodita ya no existe?"

Los ojos de Apolo cayeron al recordar la desaparición de la diosa del amor. "Sí," dijo con desesperación. "Nuestros enemigos decidieron que necesitaban dar ejemplo. Afrodita fue su víctima elegida. Esa fue realmente la señal que Zeus eligió para justificar nuestro exilio, así que supongo que su señal tuvo éxito".

"¿Nadie se enfrentó a Hades?" Preguntó Hércules. "Seguramente él la habría devuelto. Ella era demasiado importante. ¡Ella era una atleta olímpica!"

Apolo se encogió de hombros. "Por supuesto que lo confrontamos", respondió. "Él se negó a cumplir, alegando que no la tenía entre sus miembros. Él continúa afirmando eso".

"¡Entonces, tal vez ella no esté muerta!" Hércules lloró, buscando esperanza.

Apolo lo miró con tristeza. "Si ella no está muerta," dijo, "¿dónde está? Ha pasado tanto tiempo que alguien aquí lo habría sabido".

"¿Has comprobado en El Olvido?"

"Bueno, estuviste allí por un tiempo," se rió Apolo. "¿La has visto en los últimos dos mil años?"

Hércules buscó en su cerebro, tratando de recordar algo. Al descubrir que no podía, su rostro cayó con un suspiro.

Apolo le puso una mano en el hombro. "Ha pasado mucho tiempo," dijo, tratando de consolarlo. "El mundo ha avanzado, Hércules. Muy pocos recuerdan siquiera que existimos".

Hércules se sentó en silencio por un momento, digiriendo lo que acababan de decir. Ya no era el hijo del dios más poderoso del universo. Ahora era el hijo de una sombra, un reflejo del pasado, de un mundo muerto hacía mucho tiempo.

"Entonces, desde el exilio," Hércules confrontó a Apolo con la pregunta que había querido hacer desde que comenzó la conversación, "¿alguien nos adora aun?"

Apolo se rió entre dientes. "¿Eso es realmente lo que sacaste de esa historia?"

"¡Bueno, estoy acostumbrado a que la gente rinda homenaje a los dioses del Olimpo! ¡Estoy acostumbrado a que la gente nos rinda homenaje!"

"Creo que Artemisa y Atenea todavía tienen algunos templos en Europa," Apolo consideró la pregunta, "pero en su mayor parte, no. Nadie nos adora como solía hacerlo. Realmente no es tan importante".

"¡¿No es un gran trato?!" Hércules explotó. "¡Somos olímpicos! ¿Cómo podría no ser un gran problema?"

"Bueno, sigo siendo el Dios de la Música," racionalizó Apolo. "Nada puede cambiar eso, y que la gente se dé cuenta de que no es tan importante. Cada canción escrita es un homenaje para mí. Eso es todo lo que necesita un dios. En cierto sentido, incluso sin que la gente me adore activamente, lo estoy haciendo mejor ahora que antes. Más gente significa más música y más música significa más tributo. Tampoco soy el único que se beneficia del mundo en expansión. La tecnología está en auge, por lo que Hefestos está satisfecho. La gente todavía está cultivando y produciendo bienes en la Tierra, por lo que Deméter no se queja. El cielo, el mar y el inframundo siguen funcionando, por lo que tu padre y tus tíos están bastante satisfechos. Con todo, es un buen momento para ser un dios olvidado".

Hércules todavía tenía problemas para comprender el concepto. "¿Qué pasa con la gente que nos teme?" continuó investigando. "¿No extrañas a las personas que temen que las golpees si no presentan un sacrificio perfecto?"

"¿Cuándo me ha temido un humano de verdad, honestamente?" Apolo preguntó con una ceja arqueada. "Aun así, veo a dónde quieres llegar, y no. Claro, papá y un par de nosotros tuvimos problemas para adaptarnos al concepto de «existir detrás de la cortina». Todavía no creo que Ares se sienta muy cómodo con la idea. Sin embargo, después de un tiempo, la mayoría de nosotros nos acostumbramos a la idea y todo fue bien. Realmente no había muchas opciones. Además, ahora no tenemos a esos molestos triunfadores tratando de impresionarnos con sus actos de valentía y sus constantes intentos de llegar hasta nosotros. En realidad, es algo agradable".

Una cuerda se partió en la guitarra de Apolo. Se lo quitó y se dispuso a volver a colocar otra cuerda el instrumento.

Hércules consideró las ideas que Apolo acababa de presentar. ¡Era todo lo contrario de todo lo que había conocido! Los dioses eran poderosos y debían ser respetados como tales. La gente debería temerles.

"No sé si alguna vez podría acostumbrarme a eso". Hércules suspiró.

"Bueno," respondió Apolo, todavía encordando su guitarra, "Supongo que es bueno que nadie se haya sacrificado por ti, ¿no es así?"

"Supongo," respondió Hércules con un bufido.

Por el rabillo del ojo, Hércules vio a Artemisa caminando con Morfeo. Le había sorprendido lo atractiva que estaba vestida. Ella todavía se veía bien. Todas las nuevas formas de ropa parecían más atractivas y casi seductoras en comparación con la ropa que habían usado en Grecia que él estaba acostumbrado a ver. La ropa era un poco menos cómoda y ciertamente más restrictiva, pero ciertamente más atractiva. Artemisa nunca habría usado ropa tan sensual en Grecia.

Morfeo se detuvo para mirarlo por un momento. Hércules le asintió con la cabeza en reconocimiento. Lo habían estado mirando con bastante frecuencia desde su regreso.

"Entonces," comenzó Apolo, colocando su guitarra recién arreglada sobre su rodilla y comenzando a tocar una vez más, "¿cómo va el regreso a casa?"

"Va bien," respondió Hércules. "Todo el mundo parece emocionado de verme, bueno, excepto Hera, por supuesto. Me sorprende lo diferente que es el mundo, especialmente la gente. La ropa que usan ahora es tan... bueno, es diferente. Las mujeres que he visto hasta ahora son tan hermosas, y su ropa es mucho más... hermosa".

Apolo se rió. "Bien dicho".

"No puedo esperar a ver a Hebe," dijo Hércules, ansioso. "¡Puedo imaginar que se ve aún más hermosa que nunca! ¿Sabes dónde está ella?"

Apolo dejó de tocar la guitarra y miró a Hércules. "¿No has oído hablar de Hebe?" preguntó sorprendido.

Hércules alzó sus manos al aire. "¿Por qué todos esperan que ya haya escuchado algo?" preguntó en voz alta. "¡Estuve en El Olvido, no con un pregonero!"

Luego frunció el ceño. "Oye, ¿Artemisa sigue siendo virgen?"

"No vigilo la vida sexual de mi hermana". Apolo se estremeció. "¡Tú tampoco deberías, monstruo enfermo! Saca tu mente del desagüe. Y sobre Hebe, pensé que te lo habrían dicho. Es importante, siendo ella tu novia y todo eso".

"¿Qué es lo no me están diciendo todos?" Preguntó Hércules, de repente preocupado. "¿Dónde está mi esposa?"

"Hebe está muerta," dijo Apolo, volviendo su atención a su guitarra. "Se suicidó poco menos de una década después de que te fuiste. Lo último que supe es que estaba con Thanatos, cruzando el río Estigia para encontrarse con tu tío Hades. A Hades nunca le ha gustado mucho Hera, así que no puedo imaginar que se lo esté pasando bien".

Hércules sintió que el oxígeno salía de sus pulmones. "¿Mi esposa?" jadeó. "¿Mi esposa está muerta?"

"Sí". Apolo asintió. "Si esto ayuda en algo, no creo que su muerte haya tenido mucho que ver con que te hayas ido. Creo que se cansó de vivir, especialmente en el exilio. Quizás solo quería un cambio de escenario. Supongo que podría haber ido a El Olvido por un tiempo. Un par de personas que conozco hicieron eso. Sin embargo, tenía que ser dramática y murió. Tonta Hebe".

"¡Eres un idiota!" Hércules se enfureció con Apolo. "¡Hebe es mi esposa! ¿Bromeas como si no fuera nada? ¡Está muerta y ahora mi tío la está torturando!"

"Eso fue sólo una especulación," le aseguró Apolo.

"Tengo que hacer esto bien," declaró Hércules. "Mi esposa no puede haber muerto de esa manera. ¡Debo rescatarla!"

"Solo puedo pensar en un método para lograrlo". Apolo se encogió de hombros. "No es un método popular, y ciertamente a Hades no le gusta, pero he oído hablar de su uso. Bueno, al menos una vez, por Orfeo. Sin embargo, no terminó demasiado bien para él".

"No soy Orfeo," dijo Hércules. "Cuéntame más sobre este plan".

Apolo dejó su guitarra y se volvió hacia Hércules. Hércules

se inclinó hacia él, ansioso por escuchar la trama. Mientras se sentaban y discutían la idea, Hércules se puso cada vez más nervioso. Por difícil y peligroso que parezca, puede que sea la única forma. A su esposa no se le permitiría morir simplemente. Hebe era su esposa y ella era su orgullo. Su orgullo nunca moriría.

CAPÍTULO CUATRO

I

Se pensaba que Orfeo era uno de los pioneros de la civilización. Se dijo que ayudó a enseñar a la humanidad sobre medicina, escritura y agricultura. Los griegos de su tiempo lo aclamaban como el principal de los músicos y poetas, dándole el nombre de Píndaro, que significa "padre de las canciones". Durante su viaje con los argonautas, su habilidad con la lira fue invaluable, especialmente contra las sirenas de Sirenum. Fue un héroe noble y audaz. A diferencia de muchos otros héroes, no se declaró a sí mismo como tal con múltiples aventuras.

A lo largo de su vida, Orfeo solo amó a una mujer, la bella Eurídice. Los dos se amaban profunda y apasionadamente. El día de su boda, Orfeo tocó música hermosa y Eurídice bailó, cautivando a todos los que la vieron. Una de esas figuras que la vio bailar fue un sátiro. Su baile llenó de deseo al sátiro. Tomando su flauta, intentó ahogar la música de Orfeo con la suya, con la esperanza de reclamar a Eurídice para sí mismo. Eurídice lo vio venir y corrió. Mientras corría por el prado donde había estado bailando, pisó una serpiente venenosa. La serpiente la mordió y murió, casi instantáneamente.

Orfeo estaba desconsolado. Orfeo tomó su lira y expresó sus emociones a través del canto. Tocó música tan triste que todas las ninfas lloraron. Su llanto llamó la atención de la diosa Artemisa. Cuando escuchó la música de Orfeo, también comenzó a llorar. Compadeciéndose de él, lo animó a llevar su canción al inframundo. Allí, podría suplicar a Hades por el regreso de su esposa. Esto nunca se había intentado antes y parecía obscenamente improbable. La muerte, después de todo, significa muerte. Hades más que cualquier otro debería respetar eso. Sin embargo, Artemisa no podía soportar escuchar una música tan desgarradora sin intentar rectificar la situación.

Llegar al inframundo no fue un gran truco. Todo lo que realmente se necesitaba era la tarifa del barquero. Orfeo tenía eso, por lo que llegó a las puertas del Inframundo de una pieza. En las puertas estaba Cerbero, el sabueso de tres cabezas que desafiaba a cualquiera a intentar pasarlo sin justificación. Cuando Orfeo se acercó a las puertas, Cerbero gruñó y gruñó. Orfeo tocó su lira y Cerbero se quedó dormido. Orfeo simplemente pasó por encima de él y entró en el inframundo.

Orfeo solicitó una audiencia con Hades y su esposa, Perséfone. Cuando llegó a su presencia, presentó su solicitud. Hades resopló y casi lo negó, casi antes de que Orfeo terminara de hablar. Sin embargo, había algo en el hombre que le interesaba, y el hecho de que se había abierto camino hasta ahora le impresionaba. Le preguntó a Orfeo por qué su solicitud debería siquiera ser considerada. Orfeo tomó la lira de su hombro y contó su historia en forma de canción.

Tocó maravillosamente como siempre lo hacía, con su música llena de pasión y sus letras resonando con una pérdida sentida. Era la canción de un hombre desamparado y solo, una balada tan llena de tristeza y dolor que aún no se ha igualado hasta el día de hoy. Cuando terminó su canción, miró y vio lágrimas fluyendo de los ojos de Perséfone y la expresión congelada de Hades derritiéndose. Para sorpresa de Orfeo, Hades le informó que se le permitió recuperar a su esposa. Eurídice podría acompañarlo de regreso al mundo, siempre que ella lo siguiera hasta allí y él no la mirara hasta que ambos hubieran llegado a las orillas del río Estigia.

Orfeo estaba tan emocionado con la perspectiva de recuperar a su esposa que aceptó la estipulación de inmediato. Era una estipulación extraña, pero no estaba dispuesto a discutir con Hades, poniendo así en peligro sus probabilidades de recuperar a Eurídice. Tan pronto como Hades y Perséfone se fueron a buscar a su novia, se centró en la puerta por la que había entrado y la mantuvo allí. Una vez que regresaron con su novia invisible, avanzó hacia la salida, escuchando los pasos de su amor detrás de los suyos. Tocó la canción favorita de Eurídice mientras caminaba. Orfeo estaba encantado de escuchar su voz cantando junto con él. Cada instinto le había ordenado volverse hacia su novia y abrazarla. Anhelaba asegurarle que nunca la había olvidado, que siempre la amaría y que nada los volvería a separar.

La caminata de regreso al río fue el período de tiempo más largo que Orfeo se había visto obligado a soportar. El sonido de la voz de Eurídice lo llenó de esperanza y de temor de que hiciera algo que pusiera en peligro su regreso con él. Con los ojos clavados en el camino que tenía delante Orfeo vio que se acercaban las orillas de río Estigia. Aceleró un poco su caminata, ansioso por terminar el viaje. Pronto, la orilla fangosa estuvo bajo sus pies. Con alivio, se giró para ver a su novia una vez más.

Eurídice había estado unos pasos detrás de él. Aún no había llegado a la orilla. Cuando Orfeo se volvió, sus ojos se encontraron con los de Eurídice por última vez. Vio la pena encerrada en ellos cuando ella le era robada, para regresar para siempre a su hogar en el inframundo.

Si las canciones de Orfeo antes de su viaje habían estado llenas de dolor, parecían ser positivamente alegres en comparación con las canciones que cantó después.

II

Hay algo contraproducente en la pregunta "¿Qué es lo peor que podría pasar?" Incluso considerar lo peor que podría suceder hace que esa posibilidad se convierta en realidad, y El Destino a veces toma como un desafío pensar en algo aún peor. Es curioso que no se aplique lo mismo a la frase "esto es tan bueno como parece". Cuando uno ha aceptado que es tan bueno como es posible, todas las otras cosas buenas que podrían haber sucedido tienden a coincidir y no ocurren. Al mismo tiempo, El Destino una vez más se da cuenta y comienza a pensar en formas de destruir el júbilo y la alegría que uno puede haber encontrado. Es mejor evitar el uso de cualquiera de las frases en la mayoría de las situaciones, ya que ambas son frases clave que definitivamente reciben la atención de El Destino.

En cuanto al tema, también debe evitarse la frase "no hay nada peor que esto". En realidad, siempre puede empeorar.

Dionisio está a punto de descubrirlo.

El negocio no había mejorado mucho durante el día y Zeus no se había ido. Se estaba poniendo patético, de verdad. Dionisio se había visto obligado a enviar temprano a dos de sus ménades a casa, ya que simplemente no había suficiente trabajo para justificar tenerlas alli. Cthulhu, el Gran Anciano, había entrado y tomado su lugar tradicional en la parte trasera del bar, donde se sentó con una jarra de cerveza, considerando qué mundo devoraría a continuación, pero eso era de esperar. Venía con regularidad, y su presencia ciertamente no era tan perturbadora como la de Zeus. Después de todo, si nadie molestaba a Cthulhu, Cthulhu no molestaba a nadie. Si nadie molestaba a Zeus, casi se sentía insultado y comenzaría a molestar a todos. Para un bar donde el tiempo no existe, ciertamente parecía estar arrastrándose lentamente. Dionisio estaba considerando el procedimiento exacto sobre cómo interrumpir a su padre cuando escuchó la puerta abrirse. Miró hacia arriba expectante, como había hecho cada vez que oía abrirse la puerta. Su corazón se llenó de horror al ver al recién llegado.

Cuando Hera cruzó la puerta, Cthulhu colocó apresuradamente algunas monedas sobre la mesa y se fue. Las dos Furias que habían permanecido en su mesa solitaria rápidamente se levantaron y desaparecieron por la puerta. Dionisio se estremeció y le dio un codazo a Zeus, que todavía estaba muy involucrado con su tercera cerveza. Zeus alzo la mirada, y luego volvió rápidamente su atención la jarra medio vacía, tratando inútilmente de desaparecer dentro de él.

"Oh, no creas que no puedo verte, gran padre de los dioses," gruñó Hera mientras se acercaba a la barra. "¡Incluso si fueras invisible, aún podría oler ese olor barato que insistes en usar!"

"No hay forma de que me pierda, dulce amor de mi vida". Zeus suspiró. "Prácticamente no hay nadie más en el bar".

"Realmente no lo hay," acordó Dionisio con entusiasmo. "Todo el mundo parece tener mejores cosas que hacer. Estoy dispuesto a apostar a que ustedes dos también. Ah, y para ser justos, la colonia no es barata. Simplemente huele como lo es".

Zeus puso los ojos en blanco. "Hijo..."

"Oye". Dionisio retrocedió a la defensiva. "Solo intento ser útil. ¿Cómo estás, Hera?" preguntó un poco sarcásticamente.

"No me hables, glorificado tabernero," le gruñó Hera. "Estoy casi tan enojada contigo como con él".

Dionisio respiró hondo y se tragó la rabia. Siempre había pensado que contratar a un cíclope como seguridad sería un poco exagerado. En ese momento, no podía pensar en nada que pudiera disfrutar más que ver a Hera expulsada por una monstruosidad enorme y babeante.

"No puedo dejar de pensar en lo que ha hecho tu hijo," continuó Hera con su diatriba a Zeus. "¿Te das cuenta de que también pudo haber asesinado a mi hija? Si él hubiera estado allí, al menos podría haberle traído algo de consuelo, por el poco consuelo que se podía esperar de tu lado de la familia. ¡Pero no! Tuvo que descuidar todos sus deberes y responsabilidades. ¿Perdió gran parte de su vida haciendo qué? Beber y cargar libremente en esta... ¡esta trampa para ratas!"

Dioniso finalmente tuvo suficiente. "¡Salgan de mi bar!" Dionisio ordenó a la pareja enemistada, señalando con autoridad hacia la puerta. Podía aguantar las degradaciones y los insultos a su persona, pero estaría condenado antes de que se le permitiera a nadie insultar a su excepcional establecimiento.

"¿Cómo podía pensar..." continuó Hera, ignorando por completo el arrebato de Dionisio, "...que podría volver casualmente al mundo como si nada hubiera pasado y reclamar su lugar en el Olimpo sin oposición? ¡Y tú, le das la bienvenida con los brazos abiertos! ¿Qué te pasa? ¿Cómo pudiste permitir que esta atrocidad quedara impune? ¡Hebe era mi hija!"

Zeus tomó otro trago de su cerveza. Miró a Hera. "¿Has terminado?"

Hera le devolvió la mirada con furia sin filtrar y asintió. Ella había dicho todo lo que había ensayado. Siendo ese el caso, no se le ocurrió nada más que decir.

"¿Qué te gustaría que hiciera, Hera?" Zeus le preguntó con la mayor calma posible. "¿Quieres que lo expulse del Monte y lo destierre al dominio terrenal? No puedo hacer eso. Si crees que los resultados de su ausencia fueron nefastos, imagina lo que sucedería si estuviera presente en un mundo que ni siquiera llega a comprender. Los humanos en la Tierra han progresado, seguramente, pero para ellos, Hércules es un héroe de cuento de hadas como San Jorge o el Rey Arturo. No tendrían idea de qué hacer con una leyenda confusa. Ya les he asegurado que las consecuencias vendrán pronto, y sucederán".

"Si tú lo dices," resopló Hera, "pero ¿dónde están?"

"Con suerte en el fondo de este vaso," dijo Zeus, sosteniendo la jarra de cerveza medio vacía y mirándola distraídamente.

"Siempre se puede ordenar a Hércules y Jasón que trabajen aquí por un tiempo indeterminado," sugirió Dionisio. "Eso seguro les enseñaría".

Tanto Hera como Zeus miraron al camarero con cinismo.

"Creo que les dije a los dos que se fueran," respondió Dionisio a la mirada.

"No". Hera se volvió una vez más hacia su marido. "Para ser bienvenido en el Monte una vez más, debe corregir lo que ha devastado".

"¿Qué tenías en mente?" Zeus preguntó, casi instantáneamente arrepentido de haberlo hecho.

Para disgusto de Dionisio, Hera se sentó en el taburete junto a Zeus y pidió una copa de vino. No había nada que el pudiera hacer. Después de todo, el bar era propiedad del Olimpo, y estos dos dirigían el Monte. También eran su padre y su madrastra, y no se sentía bien al negarles el servicio. Además, como acababan de mostrar, no tenían que hacer nada que no quisieran.

Dionisio sirvió un vaso de fino Pinot Noir. Si un cíclope fuera exagerado, un dragón que escupe fuego sin duda sería demasiado para una medida de seguridad. Tampoco uno de esos europeos, uno de esos asiáticos largos y esbeltos.

III

El cementerio todavía estaba frío. Había dejado de llover, aunque el aguacero de la humedad había sido reemplazado por el rocío de la mañana. Jasón no había notado ningún cambio. Permaneció donde había pasado la noche, tendido sobre la tumba de Medea. Su pecho estaba cubierto de barro y sus brazos se hundieron en la tierra de la tumba en un vano intento de alcanzar el cuerpo congelado de su amante. Las lágrimas que manchaban su rostro ahora se perfilaban como repugnantes riachuelos fangosos que corrían por su rostro hasta su barbilla. No había dejado de sollozar desvergonzado en las horas que había pasado allí. Todavía no había llorado lo suficiente como para perdonarse a sí mismo, ni había sufrido lo suficiente como para justificar sus acciones egoístas. No tenía sentido buscar la redención, porque no había ninguna acción que pudiera apaciguar su culpa. Había abandonado su amor, y por eso, nunca se perdonaría a sí mismo.

Encontrar a Jasón fue el trabajo más fácil que Hércules había emprendido, ya que no había ningún otro lugar que Jasón deseara estar. En lo que a Hércules se refería, Jasón seguía siendo su socio y, por tanto, su responsabilidad. Cuando entró en el cementerio, prácticamente podía sentir la miseria. Caminando sobre las tumbas, finalmente encontró la de Medea, y en ella, encontró a su camarada.

"Entonces," murmuró nerviosamente, "¿tu esposa tampoco lo logró, ya veo?"

Jasón levantó su rostro cubierto de barro y lágrimas para mirar al recién llegado. El dolor, la tristeza y la rabia brotaron de sus ojos con tanta fuerza que Hércules se vio obligado a dar un paso atrás.

"Mi hermano," murmuró. "Te ves horrible".

"Déjame, Hércules". Jasón cerró los ojos y volvió a poner la cara en el suelo. "Quiero estar a solas con mi amada. No deseo que nadie me moleste, y menos tú".

"¿Por qué?" Hércules preguntó, sabiendo muy bien la razón, pero empujándola al fondo de su mente. "¿Qué hice?"

"¡Ella pensó que la había abandonado!" Jasón lloró sin levantar la cabeza del suelo. "Murió sola, creyendo que el hombre que decía amarla la había dejado sin una palabra de explicación. Deseo abrazarla de nuevo, hacerle saber que mi amor por ella nunca vaciló y nunca lo hará. Ojalá al menos hubiera estado allí, junto a ella, cuando la terrible enfermedad destrozó su cuerpo. Ojalá pudiera decirle que nunca la había abandonado.

"Pero," Jasón se atragantó con sus lágrimas, "lo hice. La dejé sola para que muriera".

Hércules escuchó el lamento de Jasón y, en su corazón, se conmovió. Su simpatía, sin embargo, ocupó el segundo lugar después de su ambición y la promesa de una nueva aventura. Necesitaba un camarada que se uniera a él en su nueva aventura y, dado que Jasón era el único que podía encontrar, y dado que ya habían tenido tantas aventuras juntas antes, tenía sentido pedir su compañía. Aunque, Jasón no sería de mucha ayuda en su actual estado de deterioro.

"Entiendo," dijo Hércules tratando de ser empático con el

viudo afligido. "Mi esposa también murió mientras estábamos fuera".

"Oh," Jasón reconoció la declaración con apatía. "Entonces, supongo que la mayor diferencia entre nosotros es que ahora realmente me importa".

"No," dijo Hércules con paciencia, "la diferencia es que estoy dispuesto a hacer algo al respecto. Escucha, estaba hablando con Apolo, y me contó lo que le había sucedido a Hebe y, por trágico que haya sido, estoy decidido a recuperarla".

"No funcionará," dijo Jasón mientras se ponía de rodillas. "Ya hablé con Thanatos. Me informó que Medea se había ido y que no me la devolvería. Ella también se negó a llevarme con ella. No hay nada que yo pueda hacer".

Ante la mención de Thanatos, Hércules comenzó a mirar a su alrededor y al cementerio con nerviosismo. Aunque técnicamente era inmortal, la muerte todavía lo asustaba. Todos los demás dioses probablemente estarían de acuerdo con él. Incluso si uno es una deidad sin edad, la amenaza de exterminio aún lo hace sentir un poco incómodo. En un momento, la idea parecía imposible. Los tiempos, sin embargo, estaban cambiando.

"Tal vez sea cierto para Medea," dijo Hércules, después de asegurarse de que Thanatos no estaba por ningún lado. "No es lo mismo para Hebe. Como dije, estaba hablando con Apolo y me dio una opción en la que no había pensado antes. Te acuerdas de Orfeo, ¿verdad? Bueno, Apolo me contó esta vez que él..."

"¿Por qué querrías ir tras Hebe?" Preguntó Jasón, ahora de pie como un macabro lío de barro, lágrimas y sudor. "¡Ni siquiera la amas!"

Hércules miró el rostro frustrado de Jasón con su propia expresión de dolor. "Jasón, eso no es justo," respondió. "Mi relación con Hebe era diferente a la tuya con Medea, pero eso no significa que sea menos un matrimonio. Tu relación se basó en el amor verdadero, y la mía se basó en... bueno, papá tratando de callar a Hera. Estaba arreglado, bien, pero eso no significa que no llegué a amar a Hebe. No voy a mentir simplemente sobre la tumba de mi esposa; Voy a recuperarla. Por lo tanto, si has terminado de sentir lástima por ti mismo, realmente me vendría bien tu ayuda. Límpiate y pongamos manos a la obra. Tenemos mucho trabajo por hacer".

Jasón miró de nuevo a los ojos de Hércules, sin pestañear. Estaba enojado y herido. Se sentía bien culpar a Hércules, pero sabía que no podía hacer eso, al menos no sin señalar a sí mismo con el dedo. Después de todo, ambos habían elegido ir a El Olvido, y ambos habían elegido no irse. Tenía tantas ganas de odiar a Hércules, pero no podía. Hércules parecía ser el único con quien podía identificarse.

"Está bien," Jasón finalmente cedió. "¿Qué estás dispuesto a hacer para recuperar a tu esposa?"

"Lo que sea," respondió Hércules. "Lo cual es bueno, porque eso es probablemente lo que Hades va a exigir que haga".

Ante la mención de Hades, Jasón sintió un escalofrío vigorizante que le recorrió la columna vertebral. Nunca antes había conocido a Hades. Por las historias que había escuchado, estaba contento por eso. Nadie quería conocer a Hades. ¡Ni siquiera fue bienvenido en el Monte! Eso, por supuesto, hizo que la posible reunión fuera aún más intrigante.

Hace mucho, mucho tiempo...

Hefestos tenía un cabello bonito. Colgaba de su cabeza en torrentes de color marrón ámbar, brillando cuando el sol lo golpeaba. La fuerza y el cuerpo del cabello estaban más allá de los de un mortal normal, ya que fluía desde lo alto de su majestuosa cabeza hasta justo debajo de la fuerte línea de la mandíbula.

Sus hombros eran anchos y firmes, como si tal vez é fuera más apto para llevar el globo cuya tarea le fue encargada al l titán Atlas como castigo. Sus brazos y antebrazos se ondulaban con una musculatura intimidante mientras sus bíceps y tríceps les recordaban a quienes los veían que podía destrozar el mundo entero solo con su fuerza. Sus deltoides hacían que las rocas con las que trabajaba se sintieran como masilla en comparación. Su abdomen estaba tan tenso y con tanta definición, que parecía como si uno tendría más suerte abriéndose paso a través de una pared de ladrillos que su torso. Todo un ejército lo pensaría dos veces antes de acercarse a un ser con un pecho tan rígido, firme y ancho como él.

Sin embargo, caer por debajo de la cintura era un asunto diferente. Su pierna izquierda era tan similar hecha como constituida, con isquiotibiales que parecían poder proporcionar suficiente fuerza para alterar la órbita de la Tierra y los músculos de la pantorrilla que parecían tallados en piedra. Su pierna derecha, sin embargo, era todo lo contrario. Era débil y arrugada, y lo obligó a caminar con un bastón. Sin el bastón, la cojera que tenía habría sido lo suficientemente severa como para que le resultara casi imposible caminar. Esta desventaja que lo atormentó durante toda su vida le causó una constante vergüenza. A los ojos de muchos de sus compañeros, fue percibido como inútil.

Al mirar su rostro, a menudo ni siquiera se notaba el verde intenso de sus ojos y cómo brillaban las esmeraldas que brillaban en su interior. No se vería la perfección de su nariz, ni la plenitud y curvatura natural de sus labios. La marca de nacimiento, que cubría casi todo el lado izquierdo de su rostro, generalmente los distraía. La marca de nacimiento se parecía a una quemadura, y le hinchaba la cuenca del ojo izquierdo hasta convertirlo en un bizco permanente, tirando de la comisura de los labios hacia arriba, como en una mueca, y ensanchando su fosa nasal izquierda.

Fue por esta imperfección que Hefestos, a pesar de su destreza física y su apariencia por lo demás atractiva, fue considerado no solo inútil sino feo. No era una clasificación justa, pero no se podía hacer nada al respecto. Como hijo de Zeus y Hera, debería haber sido perfecto. Su incumplimiento de esto, aunque no fue su culpa, no podría ser perdonado.

Hefestos era el dios del horno. Todos los avances tecnológicos y militares, realizados por los griegos o los romanos, se remontan a él, ya sea directamente a través de su producción o indirectamente a través de su influencia. Hefestos pasó gran parte de su tiempo solo en su horno, construyendo prototipos para los productos que estaba inventando o mejorando los diseños que ya había producido. A pesar de su exilio del Olimpo, los dioses todavía acudían a él cada vez que necesitaban algo construido o desarrollado.

Hefestos estaba trabajando duro en algo. Más tarde, diría que no recordaba exactamente qué era, pero era algo muy emocionante. La llegada de Zeus detuvo su desarrollo.

"Hola, hijo," lo saludó Zeus con una voz que carecía de cualquier apariencia de alegría.

Hefestos dejó sus herramientas, agarró su bastón y lo usó para girar y mirar a Zeus a los ojos. "Hola, padre," le devolvió el saludo, sonriendo lo mejor que pudo con su boca enclenque. "¿Qué te trae a mi rincón del mundo?

Zeus sonrió débilmente. "¿No puede un padre venir a ver a su hijo sin necesidad de un motivo que lo justifique?" preguntó.

"No, un padre puede," respondió Hefestos, asintiendo con la cabeza, "y tú eres mi padre. Sin embargo, en todos los años que he sido tu hijo, nunca has venido a mí sin una motivación. A

menos que me des una razón, no veo por qué esta reunión debería ser diferente".

Zeus pareció herido por un momento. "¿He sido un padre tan pobre para ti?" preguntó.

Hefestos se encogió de hombros. "Dejaste que mi madre me exiliara del monte".

Se volvió y reanudó el trabajo en su proyecto.

Zeus no respondió a eso. Después de todo, Hefestos tenía razón. Hera se había resentido con él desde el primer momento en que vio su pierna deformada y la mancha en su rostro. Cuando Zeus no estaba mirando, ella lo había despedido del Monte, ordenándole que nunca regresara. Hefestos se había visto obligado a crecer solo, sin familia que lo mantuviera y dos importantes impedimentos en su contra. A medida que crecía, aprendió a compensar sus debilidades. Su habilidad en ingeniería se volvió incomparable, ya que diseñó nuevas tecnologías. Cuando cumplió la mayoría de edad, Zeus le facilitó su propio taller para trabajar en sus proyectos, además de convertirlo en el Dios del Horno y, por consecuencia, en la tecnología. El taller estaba cerca del monte, pero no sobre él. El exilio de Hera se mantuvo.

Zeus se acercó a su hijo y le puso una mano en el hombro. "¿En qué estás trabajando?" preguntó.

"Es un martillo," respondió Hefestos. "Uno de esos nuevos dioses nórdicos me pidió que se lo hiciera: el del cabello largo y rubio. Dijo que nunca podría dejar que nadie supiera que subcontrató el trabajo, por lo que nunca obtendría crédito o agradecimiento, pero me está pagando lo suficiente, así que puedo ignorar eso. Además, es divertido. Va a haber suficiente poder en esta cosa para dominar el trueno".

"Hijo, no deberías estar construyendo armas para nuestros enemigos". Zeus suspiró.

"¿De qué estás hablando, papá?" Hefestos frunció el ceño y se volvió hacia su padre. "No son nuestros enemigos".

"Quizás todavía no". Zeus suspiró de nuevo mientras se alejaba, intentando disimular sus emociones. "Pero lo serán".

Hefestos no estaba acostumbrado a ver a su padre así. Se apartó de su horno. "Padre," imploró, "¿qué no me estás diciendo?"

"Hubo una reunión," respondió Zeus pesadamente, "entre los jefes de los panteones. Estábamos dividiendo nuestros territorios, decidiendo quién reinaría dónde y los límites que los otros dioses no podían infringir. Pude mantener el dominio sobre Roma y algunos otros territorios menos importantes, pero no soy ingenuo. Sé que los dioses nunca están satisfechos solo con lo que se les da, especialmente cuando otros poseen propiedades similares o mayores. Lo sé porque me conozco a mí mismo. Nunca permitiría que se mantuviera tal infracción".

"Soy viejo, hijo," dijo Zeus mientras se volvía para mirar a Hefestos de nuevo, con los ojos haciéndose eco del sentimiento. "Nosotros, los antiguos dioses griegos y romanos actuales somos viejos. El mundo se ha expandido, provocando que los grupos de personas y los panteones se mezclen. Este ya no es nuestro mundo. Pertenece a otros individuos más expansivos y menos impresionantes. No se detendrán hasta que nosotros y lo que representamos haya sido destruido. El poder nos ha dejado".

Hefestos miró profundamente a los ojos de su padre. No recordaba haberlo visto así, al punto de la desesperación. Una vez, Zeus había sido el poderoso héroe conquistador, liderando a su familia en el triunfo contra los Titanes. Ahora que era una historia del pasado. Zeus parecía cansado, desesperado y, para sorpresa y horror de Hefestos, derrotado.

"¿Que querrías que hiciera?" Hefestos preguntó a la entristecida deidad que tenía ante sí, quien anteriormente había sido la cabeza de los dioses.

"Necesitamos un arma," respondió Zeus con un leve destello de fuego que reapareció detrás de su iris. "Una nueva arma. Necesitamos algo tan poderoso y horrible que aniquilará a nuestros enemigos, sin esperanza de reparación. Necesitamos tomar una posición, declarando que no nos dejarán a un lado. Este será nuestro mundo una vez más, hago esta declaración. Nuestros enemigos verán que los dioses griegos no deben ser cruzados ni descartados".

Hefestos asintió con gravedad. "Veré qué puedo hacer," respondió con voz apagada.

Zeus asintió. "Gracias hijo".

Después de esta reunión, Zeus regresó al monte Olimpo y Hefestos regresó a su horno. Continuó trabajando en el proyecto para el tipo nórdico. Aunque su padre pensó que podría ser un arma, tenía que hacerlo. Después de todo, el chico grande y rubio lo había pagado.

IV

Hola, soy James Novus, informándote en directo. En respuesta a las muchas llamadas telefónicas y correos electrónicos que ustedes, los televidentes, han enviado, exigiendo más información, en la estación hemos decidido explorar más a fondo el incidente que ahora se llama "El regreso de los titanes". Este incidente ocurrió cuando dos hombres, vestidos como gladiadores griegos antiguos, se interpusieron en el tráfico y causaron estragos. Estoy aquí en el lugar de este incidente

con uno de los observadores originales. Señor, ¿puede decirnos su nombre, por favor?

Em, sí, soy Tom Fossor. Gracias por... bueno, invitarme, supongo. ¿Qué necesitas saber?

Bueno, Sr. Fossor, ha afirmado haber hecho contacto con los dos «Titanes». ¿Puedes contarnos algo más sobre el encuentro?

Oh, sí, sí, hice contacto, más o menos. Iba caminando al trabajo desde mi auto donde lo había estacionado en el estacionamiento. Por cierto, necesitamos estacionamientos más baratos en la ciudad. Dos dólares al día es demasiado para pagar solo por venir a trabajar. Quiero decir, intenté viajar en autobús, pero huele raro todo el tiempo. Oh, también deberíamos tener mejores leyes que hagan cumplir el saneamiento en el transporte público. Creo que haría que esta ciudad fuera mucho más accesible, y estoy bastante seguro de que todo el mundo quiere eso.

Sr. Fossor, si pudiéramos hablar sobre el incidente...

Bueno, está bien, si no quieres escuchar lo que tengo que decir sobre las cosas que realmente le importan a la gente. Como dije, estaba caminando hacia el trabajo cuando vi a estos dos locos, parados en la acera como si no tuvieran idea de dónde estaban o qué estaba pasando. De hecho, intenté hablar con uno de ellos para ver si estaba bien. Sabes, estaba tratando de ser un buen ciudadano. Eso es lo que necesita esta ciudad: más gente agradable.

¿Qué tipo de respuesta obtuvo del hombre al que se acercó?

No obtuve respuesta. Simplemente me miró como si estuviera loco. Incluso lo felicité por su atuendo, ¡pero él solo me miró como si no tuviera idea de lo que estaba diciendo! Ese es el problema con este mundo ahora: siempre que alguien toma la iniciativa y es realmente amable con otra persona, ¡la otra persona no tiene idea de cómo responder!

¿Qué tipo de respuesta obtuvo del hombre al que se acercó?

No obtuve respuesta. Simplemente me miró como si estuviera loco. Incluso lo felicité por su atuendo, ¡pero él solo me miró como si no tuviera idea de lo que estaba diciendo! Ese es el problema con este mundo ahora: siempre que alguien toma la iniciativa y es realmente amable con otra persona, ¡la otra persona no tiene idea de cómo responder!

Entonces, ¿en realidad no tuvo ninguna conversación con las personas en cuestión?

Creo que sus ojos fueron suficiente comunicación para mí. Para mí estaba claro que solo querían contacto humano. Una vez que lo consiguieron, no supieron cómo responder. Esa podría ser la razón por la que se volvieron tan locos.

¿Está diciendo que fue responsable del incidente de tráfico?

No, no, yo no: ¡La sociedad! Si las personas no estuvieran tan absortas en sí mismas, esto nunca habría sucedido. En cierto sentido, todos somos responsables de lo que sucedió.

Bueno, lo oyeron aquí, amigos: todos somos responsables de lo que sucedió en "El regreso de los titanes". Este ha sido James Novus, informando. Después del descanso, volveremos a los titulares más actuales, específicamente a los que se refieren a los defensores de las celebridades y la igualdad de derechos para la población de ratas en Hamlin, Alemania. Es posible que se sorprenda al saber quién está a cargo. Regresaremos en treinta segundos.

Hera y Zeus caminaron juntos, hacia el nexo, a través del Campo de la Sobriedad. Ninguno estaba borracho. Si al menos uno de ellos lo hubiera estado, la caminata probablemente habría sido mucho más rápida.

"Ese era un lugar agradable," dijo Hera. "Me gustan los lugares bonitos. Parece que ya no voy a esos lugares".

Zeus se detuvo en seco. Una nube de fatalidad inminente se posó sobre su cabeza.

Hera se volvió hacia Zeus. "¿Por qué nunca me llevas a un lugar agradable?" ella preguntó.

Zeus suspiró, tratando infructuosamente de formular una estrategia de salida. "Me avergüenzas, cariño," dijo Zeus, decidiendo dar una respuesta honesta. "Odio decirlo así, pero es verdad".

Hera pudo decir poco para refutar esto. Ella lo avergonzó; de hecho, ella se deleitó con su vergüenza.

Hera puso los ojos en blanco, reanudando su camino hacia el nexo. "Bueno, si no lo hiciste tan fácil," resopló. "Ciertamente no sucedería tan a menudo. No puedo avergonzarte a menos que hagas cosas vergonzosas. No me culpes por señalarlos".

"Cariño," suspiró Zeus, "no quise decir eso..."

Hera continuó: "Creo que agradecerías que te avergüence. Al menos te da un incentivo para no volver a hacerlo. Acéptalo, sin mí, simplemente andarías avergonzándote y nadie diría nada porque eres el poderoso Zeus. Todos se reirían de ti cuando no estuvieras mirando. Yo soy la razón por la que te respetan en cualquier lugar".

"Sabes, ¿por qué no te llevo a un lugar agradable?" Zeus arrastró las palabras con sarcasmo. "Honestamente, no lo recuerdo".

"¿Por qué me casé contigo?" Hera respondió con una voz similar. "Parece que no puedo recordar".

En ese momento, habían llegado al nexo.

"¿Cómo sabemos que no nos hemos ido durante siglos?" Hera le preguntó a Zeus mientras miraba dentro del nexo. "Solo se sintieron como unos minutos, pero ¿quién sabe? Podríamos regresar para encontrar al Olimpo completamente destruido, todo porque querías saltarte y tomar una copa".

"Así no es cómo funciona". Zeus negó con la cabeza. "El tiempo todavía existe aquí, simplemente no sentimos los efectos. O, espera, el tiempo no existe aquí, pero sigue moviéndose en la otra dimensión. Bueno, supongo que sería obvio. Lo que estoy diciendo es que, mientras estemos al tanto del tiempo en esta dimensión, no deberíamos tener problemas en la otra".

Hera arqueó una ceja. "Bueno, ciertamente me alegro de que hayamos aclarado eso".

Zeus suspiró, indicándole a Hera que pasara primero por el nexo, caballeroso. Mientras veía pasar a su hermosa esposa, su primer instinto fue darse la vuelta y correr de regreso a El Olvido.

Zeus siguió a Hera a través del nexo un rato después.

V

Hércules le había informado a Jasón sobre lo que pensaba hacer. Jasón pensó que el plan de asaltar el inframundo y exigir a sus esposas era inverosímil o, al menos, poco realista. Las posibilidades de que realmente funcionara eran tan escasas que casi no existían. Aunque, parecía ser la única opción que tenían. A regañadientes, Jasón había aceptado acompañar a Hércules en esta nueva búsqueda. Quizás podría encontrar una mejor manera de reunirse con su esposa en el camino. Hércules ciertamente parecía creer que su esposa estaba esperando que él la rescatara.

"Entonces," Jasón interrogó a Hércules mientras los dos regresaban al Olimpo, "¿alguna vez conociste a tu tío Hades?"

"Si". Hércules asintió. "Una vez. Realmente no daba tanto miedo. En realidad, era un poco bajito".

"La gente baja me asusta". Jasón hizo una mueca.

"Belerofonte era un poco corto". Hércules se rió entre dientes.

"Belerofonte no era un argonauta," respondió Jasón.

Llegaron a las puertas de entrada del Olimpo, y Jasón gentilmente indicó a Hércules que pasara primero. Hércules lo hizo, pero no aceptó la oferta de Jasón. Después de todo, este era su hogar. Tenía sentido que entrara primero.

"Entonces, Hebe," Jasón abordó el tema con cautela una vez que pasaron por las puertas. "Ella no fue tu primera esposa, ¿correcto?"

Hércules suspiró profundamente, y Jasón pensó que vio una pizca de dolor en sus ojos al recordar a su antigua familia. "No," dijo finalmente, "ella no lo era. Estuve casado una vez antes con una hermosa mujer llamada Megara. Con ella tuve dos hijos fuertes y guapos. Estaba tan orgulloso de ellos".

"¿Que les pasó a ellos?" Jasón preguntó con cuidado.

"Yo los maté," respondió Hércules sin rodeos, tragándose sus emociones lo mejor que pudo.

Jasón se detuvo y miró a Hércules, sorprendido. "¿Mataste a tu familia?" exclamó, tratando de no sonar demasiado repugnante. "¿Por qué harías algo como eso?"

"Es complicado," respondió Hércules, la emoción se deslizó en su voz. "Llegué a casa de cazar un día y encontré tres monstruos en mi casa sin mi permiso. Reaccioné como lo haría cualquier propietario y tomé las armas contra ellos. Pensando en retrospectiva, debería haber sabido que algo andaba mal cuando no me atacaron primero. La mayoría de los monstruos harían eso".

"¿Los monstruos eran tu familia?" Jasón negó con la cabeza con simpatía.

Hércules asintió. "Debería haberlo sabido," se atragantó. Con una respiración profunda, Hércules se recompuso. "Por eso tuve que hacer mis doce trabajos", continuó. "Necesitaba compensar por mi fechoría".

"Sin embargo, no fue realmente tu culpa," argumentó Jasón. "Tu visión se nubló".

"Oh, lo sé". Hércules asintió. "Pero trata de decírselo a tus suegros. Además, no cambia el hecho de que maté a mi esposa e hijos".

Mientras Hércules y Jasón caminaban por el Olimpo, todavía recibieron miradas de incredulidad de muchos de los residentes. Jasón notó que Artemisa lo miraba con tristeza en sus ojos. Después de todo, ella era la que le había contado a Jasón lo sucedido. A juzgar por el exterior sucio de Jasón, sin duda tenía alguna idea de dónde había estado y qué había estado haciendo.

Mientras caminaban, pasaron junto a Hestia, quien los miró a los dos con sorpresa y desaprobación. Eso tenía sentido: ella era la supervisora del hogar y la familia, que ambos Hércules y Jasón habían abandonado. Su desaprobación hizo muy poco para que Jasón se sintiera peor de lo que ya se sentía. Jasón se preguntó si alguna vez sería capaz de superar esto. Entonces se dio cuenta de que no lo haría, ya que probablemente nunca se perdonaría por lo que había hecho. Este pensamiento lo devolvió al tema que estaba discutiendo con Hércules.

"Entonces, si realmente amabas a Megara," preguntó Jasón,

"¿por qué no luchaste por ella tan agresivamente como lo haces por Hebe?"

"Para eso pensé que eran los doce trabajos," espetó Hércules con más emoción de la que pretendía. "¡Había pensado que, cuando terminara, Megara volvería a mí! ¡El último trabajo fue en el inframundo, por llorar en voz alta! Pero no, todo lo que querían era un hueso de Cerbero.

"Regresé al Monte con el hueso," continuó Hércules, aumentando de volumen a medida que avanzaba su historia, "con mis doce labores completadas, ¿y qué obtuve? ¡Un lugar en el monte, una nueva esposa y una madrastra malvada y vengativa! ¡Eso no es lo que quería! ¡Quería recuperar mi Megara!"

"Quería a mi esposa de vuelta," concluyó Hércules con un escalofrío.

Jasón puso su mano sucia sobre el hombro de su musculoso amigo. "Lamento haberlo mencionado," se disculpó.

Hércules negó con la cabeza. "Está bien," dijo. "Tenías derecho a saber. Sin embargo, deberíamos dejar de hablar de esto ahora".

Jasón asintió. "Acordado".

"Bueno, a riesgo de sonar presuntuoso," les saludó una nueva voz, "permítanme sugerir un nuevo tema".

Tanto Jasón como Hércules se volvieron hacia el nuevo orador. Allí estaba un hombre, más bajo que cualquiera de ellos, vestido con una chaqueta gris oscuro sobre su camiseta gris y jeans azules. Su espeso cabello castaño, largo hasta los hombros, colgaba en rizos y rizos, y sus ojos azul celeste brillaban con un destello tortuoso, luciendo ligeramente fuera de lugar en su rostro de querubín. El personaje se llevó una ramita ardiente a la boca e inhaló, luego exhaló el humo de la boca y la nariz. "¿Dónde diablos han estado ustedes dos?" preguntó.

"¡Cupido!" Hércules exclamó, el dolor de sus esposas perdidas se desvaneció levemente al ver a su viejo amigo. Agarrando a Cupido por las axilas, levantó al semidiós a su propio nivel y lo abrazó.

"¡Es bueno verte otra vez!" Hércules vitoreó.

"¡Bájame, fanático de los esteroides!" Cupido se echó a reír, saliendo a patadas del agarre de Hércules.

"¿Qué te has hecho?" Hércules criticó a Cupido mientras lo ponía de pie una vez más. "Pareces como si..."

"Parece que lo he asimilado," finalizó Cupido la acusación. "Tú, no tanto".

"¿Te saliste cavando de una tumba?" Cupido preguntó, volviéndose hacia Jasón.

"Algo así," confirmó Jasón. "Era la tumba de mi esposa, y yo estaba..."

"Oh". Los ojos de Cupido cayeron. "Claro. Eso te convertiría en Jasón de Lolkos, ¿no?"

"Pudiera ser". Jasón extendió una mano mugrienta hacia Cupido, quien la aceptó de mala gana. "¿Tu serías Eros, entonces?"

"Bueno, ahora me llamo Cupido," admitió Cupido. "Estoy asombrado de conocerte, después de todo este tiempo. Supuse que, con todo el tiempo que han estado desaparecidos, estuvieron cavando desde el otro lado de la tumba".

"Oye". Hércules arrugó la nariz. "Hueles a ceniza. ¿Por qué estás sosteniendo un palo en llamas?"

Cupido enarcó una ceja hacia Hércules. "¿De verdad quieres hablarme sobre el hedor?" preguntó. "Y de todos modos, no es ceniza, es un puro. También es un buen puro: la casa de ladrillos de Artero Fuente".

"¿Qué es un puro?" Preguntó Jasón, arrugando un poco su propia nariz.

"Vaya, ustedes han estado desparecidos por un buen tiempo". Cupido dio otra bocanada de su palo en llamas. "¿Por qué no vas a limpiarte y te contaré todo sobre ellos?"

Jasón hizo una pausa por un momento. Recordó que tan repulsiva había sido la cerveza cuando la probó por primera vez. El olor del "cigarro" que sostenía Cupido era diferente y, sin embargo, no todo era repugnante. Quizás pudiera probarlo. Se dirigió a la cámara de baño para limpiarse.

Hace mucho, mucho tiempo...

Los dioses estaban en guerra.

Los demás no querían admitirlo, pero Ares lo sabía. No lo respetaron ni a él ni a su utilidad. Muchos de los atletas olímpicos olvidaron el papel importante que tenía Ares en la formación de la sociedad. Las sociedades son construidas y destruidas por guerras. Ares podía sentir que se acercaba una nueva era. Fue como si una nueva era estuviera tratando de imponerse al mundo y estuviera tratando de dejar atrás a los olímpicos.

Este era su mundo. Los griegos habían comenzado este mundo y los romanos lo habían perfeccionado. No había forma de que estas sociedades extranjeras entraran y simplemente las reemplazaran. Si pensaran que los olímpicos simplemente desaparecerían sin luchar, se sentirían profundamente decepcionados.

Zeus estaba teniendo reuniones clandestinas con los extranjeros como si fueran amigos y socios. Dividían el mundo en territorios, asumiendo que las otras partes respetarían el tratado. Eso nunca sucedería. Los dioses buscaban controlar, y nunca tolerarían compartir el control con otras entidades por mucho tiempo. Eso se demostró hace eones cuando Zeus y sus hermanos derrotaron a los Titanes. Había sido su naturaleza: un hijo reemplaza a su padre. Cuando el padre se niega a morir, el hijo debe matar a su padre, tomando por la fuerza el título heredado.

Aquí no había ningún linaje, solo extranjeros, intentando expandir el mundo. Tanto Grecia como Roma habían expandido el mundo a través de la guerra. Esa había sido la única forma en ese momento. Estos nuevos panteones intentaban expandir el mundo a través de la diplomacia, afirmando que era una nueva forma. No lo era. Esto fracasaría. Uno nunca puede esperar que una mente extranjera piense de manera similar a la propia. Siempre que dos mentes no pueden encontrarse, la guerra es inevitable.

Parece que alguien más estuvo de acuerdo con Ares. Ese "otro" había dado el primer golpe. Estaban masacrando campeones griegos / romanos. Perseo, Orión, Castor y Pólux habían desaparecido por completo, junto con Atalanta, a quien Ares nunca había reconocido como campeón hasta ahora. Los cuerpos de Teseo y Odiseo prácticamente habían sido entregados a las puertas del Olimpo, destrozados o en pedazos. La mayoría de los dioses que sabían pensaban que no había información suficiente sobre lo que les había sucedido a estos grandes guerreros, pero Ares se había tomado un momento para estudiar los restos de los cadáveres. Se habían quemado extraños símbolos en la carne humeante. Ares no sabía qué significaban los símbolos, ni le importaba. Sabía qué cultura usaba los símbolos: la guerra había sido iniciada por los celtas.

Vestido con su mejor armadura, Ares levantó su lanza favorita. Esta era la guerra para acabar con todos ellos, más épica que Troya. Se acercaba la guerra y Ares estaba preparado. Sobre su peto, ató dos dagas. Serían fáciles de tirar para el combate cuerpo a cuerpo y podrían hundirse profundamente en el pecho de su combatiente. En su cadera, Ares colgó su espada favorita, sediento de la sangre de su enemigo. Él saciaría esa sed antes de que terminara el día.

"Ares," llamó la pequeña voz de Artemisa por encima de su hombro. "¿Qué estás haciendo?"

Ares la ignoró lo mejor que pudo. Ella nunca entendería lo que había que hacer. La tonta diosa de la luna probablemente había sido la que sugirió diplomacia. Por ser una cazadora tan gloriosa, era una pacifista. Ella lo enfermaba.

"Oh, Merda," *maldijo Artemisa, inusualmente.* "¡Vas a ir a la guerra!"

"Esto no es de tu incumbencia, diosa de la luna," *le gruñó Ares.* "¡La guerra es asunto mío! ¡Vete y lleva tu diplomacia a otra parte!"

"¡No!" *gritó su voz aterrorizada.* "¡Ares, no puedes hacer esto! ¡Lo arruinarás todo!"

"No me quedaré atrás," *gritó Ares,* "y permitiré que nuestros enemigos nos destruyan, ¡no sin luchar! ¡Han sacado la primera sangre y este es mi deber!"

"Es mi destino," *agregó.*

"¡Que no lo es!" *Artemisa se lamentó, colocando una mano inmóvil sobre el hombro de él.* "Estamos buscando a los infractores y serán responsables. ¡Lo arruinarás todo si intentas hacer esto por tu cuenta!"

Ares apartó la mano de Artemisa de su hombro. Girando tan rápido como pudo en su armadura, la agarró por los hombros, apretándolos con fuerza. Sin esfuerzo, levantó su esbelta figura del suelo y la inmovilizó contra una pared. Podía sentir sus ojos llameantes de rabia mientras la sostenía allí.

"¡Esto es lo que debo hacer!" *gritó airado.* "¡Estamos en guerra y responderé al llamado a las armas! He encontrado a los violadores y serán destruidos. ¡Así debe ser!"

Inmovilizada contra la pared, Artemisa comenzó a llorar. "Ares, por favor," *suplicó.*

Ares la tiró al suelo. "No trates de detenerme," *gruñó, empujando su puño en su cara, mientras ella yacía sollozando, como una niña, en el suelo.* "Esta es mi versión de la diplomacia".

Con la barbilla en el aire y las violentas y estremecedoras protestas de Artemisa a sus espaldas, Ares salió del Olimpo. Haría lo que los demás temían hacer. Destruiría a sus enemigos sin piedad.

Los dioses estaban en guerra.

Ares amaba la guerra.

VI

Cuando Zeus y Hera regresaron al Monte desde El Olvido, todavía estaban discutiendo. Realmente no era una sorpresa, ya que podían discutir durante días o décadas, sin nunca lograr ni establecer nada. Finalmente, se cansarían de pelear entre ellos (generalmente después de que ambos habían olvidado de qué se trataba la discusión original) y se reconciliarían. No es probable que eso suceda pronto

"No puedo creer que estés sugiriendo esto," dijo Zeus, sacudiendo la cabeza con justa indignación. "¡Acabo de obtener a mi hijo de vuelta y tienes la intención de arrancarlo de nuevo!"

"¡Fue por tu hijo que perdí a mi hija!" Insistió Hera. "Además, les di a los dos un día o dos juntos. Pensé que estaba siendo generosa".

"Solo me diste ese día para que pudieras inventar este plan para apartar a mi hijo de mí una vez más," replicó Zeus. "Si lo hubieras pensado antes, habrías venido a verme rápidamente. Este plan seguramente lo destruirá".

"Él Debería haber pensado en eso antes de abandonar a mi

hija".

Zeus comenzó a preguntarse cómo pudo haber anticipado Hércules el suicidio de Hebe, y estaba a punto de decirle a Hera que estaba siendo injusta, pero se detuvo. Eso solo intensificaría las cosas, y Hera ya estaba lo suficientemente enojada.

"Ve a la sala del trono," le ordenó Zeus a Hera. "Encontraré a mi hijo y lo llevaré allí. Prometo no contarle el plan hasta que estemos en la sala del trono, para que veas la consternación en su rostro".

"Eso es todo lo que pido," resopló Hera, giró sobre sus talones y se dirigió hacia la habitación antes mencionada.

Zeus la vio alejarse, reacio a continuar con lo que sabía que debía hacerse. El escenario más probable terminaba con su hijo y, lo más probable, Jasón muertos, y Hebe no más cerca de la vida de lo que había estado antes del esfuerzo. El resultado menos probable terminaba con las tres partes sobreviviendo, probablemente atrapadas en el Inframundo, ya que su hermano nunca les permitiría irse. Una vez que comenzaba a permitir que los anteriormente muertos volvieran a caminar, bien podría reemplazar las puertas del inframundo con una puerta giratoria, sustituyendo a un chihuahua con un collar con púas en lugar de Cerbero.

Zeus conocía a su hermano y Hades nunca permitiría que eso sucediera.

Encontrar a Hércules no fue tan difícil. Con los aromas más agradables impregnando el Olimpo, el olor a humo de cigarro (incluso los buenos) era obvio. Si bien los puros eran la firma de Cupido, la risa profunda era inconfundible. Zeus lo siguió hasta donde estaban sentados los tres responsables.

Cupido lo miró con una sonrisa ligeramente culpable. "Hola Zeus," saludó al dios padre. "¿Cómo te va?"

Sin devolverle la sonrisa, Zeus asintió con la cabeza.

"Hola papá," dijo Hércules con una amplia sonrisa y un

cigarro colgando de su boca. "Cupido nos está enseñando a fumar. Es muy divertido. ¿Quieres intentar?"

Zeus recordó su experiencia con los puros y las náuseas que le siguieron. Sacudió la cabeza. "Fumar realmente no es para mí," admitió.

Cupido se rió. "Sí," estuvo de acuerdo. "El primer cigarro de Zeus fue bastante potente, se remonta a los primeros días. Recuerdo la primera bocanada; inhaló todo. ¡Deberías haberlo visto! ¡Su cara se puso del color de los aguacates!"

"Oh, papá". Hércules miró a Zeus con simpatía. "No puedes inhalar puros".

Zeus reprimió su primer instinto, que fue atacar a Hércules, diciéndole que podía hacer lo que quisiera. Sin embargo, recordando la experiencia, Hércules solo estaba ofreciendo sabios consejos.

"Sí," respondió Cupido con una sonrisa irónica, "él descubrió tanto".

"No te preocupes, Zeus," dijo Jasón, que estaba sentado con Cupido y Hércules, con simpatía. "A mí tampoco me gusta fumar. Realmente no tiene mucho sentido para mí, hacer algo intencionalmente que no solo te hará oler a ceniza, sino que podría dañar tu cuerpo".

"Soy un dios, Jasón," dijo Zeus, volviéndose hacia el que hablaba. "No temo por la condición de mi cuerpo. Después de todo, si los Titanes no pudieran derrotarme, dudo que un cigarro lo haga".

"No has probado mis Cains," sonrió Cupido.

Zeus suspiró. "Hijo," dijo, volviéndose una vez más hacia Hércules, "¿puedo hablar contigo?"

Hércules dio una calada no muy aislada a su cigarro. "Bueno, estoy pasando tiempo con Cupido, papá," respondió. "¿Puedes esperar unos pocos? Quiero terminar mi cigarro".

Zeus negó con la cabeza. "Esto es importante," respondió

con voz pesada.

Cupido levanto la mirada y vio la angustia en el rostro de Zeus. Extendió su mano y tomó el cigarro de la mano de Hércules. "No te preocupes, hermano," dijo. "Tengo muchos puros. Creo que será mejor que vayas con tu padre".

Hércules extendió la mano para quitarle el cigarro a Cupido, pero el dios del encanto negó con la cabeza. Hércules se levantó de mala gana.

"¿Tiene esto que ver con las consecuencias de las que hablabas?" Preguntó Hércules. "Si es así, entonces hay algo de lo que necesito hablar contigo también".

Zeus bajó la mirada. "Ven conmigo," dijo, señalando con la cabeza hacia la sala del trono. Los dos se alejaron, Zeus con la cabeza pesada y Hércules siguiéndolo, pareciendo un hombre caminando hacia la horca.

Jasón y Cupido miraron mientras se alejaban.

"Guau". Jasón arqueó las cejas. "Me pregunto qué está pasando".

Cupido aspiró lo último de su puro en una inhalación final, apagándolo antes de comenzar con lo que quedaba del de Hércules. "Sea lo que sea", dijo, después de emitir un círculo de humo, "apuesto a que tiene que ver con Hera, algunas consecuencias y probablemente una prueba larga y desagradable. Se equivocó bastante esta vez. Esto probablemente hará que sus otras pruebas parezcan un juego de niños".

"¿Debería ir con él?" Preguntó Jasón, esperando que la respuesta fuera no. "Quiero decir, soy al menos parcialmente responsable de meter a Hércules en este lío".

"Eres completamente responsable," asintió Cupido. "Sin embargo, no eres el hijo de Zeus y Hera no te odia. Creo que tienes un pase gratis para este. Yo lo tomaría".

Jasón siguió mirando en la dirección en la que se había alejado Hércules. Esperaba que el juicio no durara demasiado.

Después de todo, necesitaban comenzar con la misión que Hércules había propuesto lo antes posible. Sin embargo, a juzgar por la reputación de Hera, probablemente no estaría satisfecha hasta que Hércules no fuera más que un montón de cenizas humeantes, similar a la que estaba colocada en la bandeja frente a Cupido.

"Tengo un mal presentimiento sobre esto," dijo.

VII

Cuando Hércules entró en la sala del trono, vio la sonrisa en el rostro de Hera mientras se sentaba en su trono, junto al de Zeus. Ella estaba sonriendo como si ya lo hubiera derrotado. Fue en ese momento que Hércules supo que lo que estaban a punto de discutir probablemente no funcionaría a su favor. Zeus lo expulsaría del monte o le daría una tarea ridícula para apaciguarla. Ese parecía ser su motivo, haciéndolo hacer trabajos profundamente imposibles para asegurarse de que nunca obtendría la aceptación en el Monte. Ni siquiera había regresado en un día y una noche completos, y ella ya estaba tratando de deshacerse de él (no importa que ya se había deshecho de él durante más de dos mil años).

Por el contrario, Hércules siempre completaba las tareas que ella le asignaba, lo que parecía enojarla más y empujarla a pensar en tareas aún más difíciles que poner ante él. Hércules solo esperaba que le permitieran realizar el trabajo en el que tenía la intención de participar, por su cuenta, antes de que lo echaran por completo. Su honor necesitaba ser restaurado. Además, se sentía un poco culpable por la situación actual de Hebe, ya que probablemente era culpa suya.

Zeus avanzó hacia la sala del trono. La sonrisa malvada de Hera se ensanchó ligeramente cuando hizo una pausa antes de girarse y sentarse. Hércules estaba donde había estado unas horas antes, ante el trono. Mantuvo una cara lo más estoica posible mientras su padre lo miraba desde arriba.

"Hijo". Zeus suspiró. "Te he llamado aquí para lidiar con las consecuencias que mencionamos anteriormente".

Hércules asintió. "De hecho, yo mismo he estado pensando mucho en ellos. Entiendo que lo que hice fue un error. ¡Mira cuánto ha salido mal desde que me fui!"

"Deja que tu padre hable, Hércules," le gruñó Hera.

Zeus puso su mano sobre el brazo de Hera para mantener a raya su ira. Quería escuchar lo que estaba diciendo Hércules. Le dio unos minutos más antes de que le dijera a su hijo que lo enviaría a la muerte.

"Sé que no puedo compensar todo lo que pasó mientras no estaba," continuó Hércules como si Hera nunca hubiera hablado, "pero puedo intentar hacer las cosas bien mientras estoy aquí. Quizás, con el tiempo, pueda compensar lo que me perdí".

"¡Te perdiste toda una guerra!" Hera se enfureció. "¡Apenas existimos, en nuestro propio mundo alienígena ahora, gracias a ti!"

"No puedes culparme seriamente del resultado de toda la guerra". Hércules arqueó las cejas.

"¡Puedo y lo haré!" Gritó Hera. "¡No te atrevas a decirme lo que puedo y no puedo hacer! ¡Gracias a ti, ahora estoy sin una hija!"

"Tu hija no murió en la guerra," la corrigió Zeus, tratando de apaciguar a su esposa.

"¡Los detalles no importan!" Hera continuó su alboroto. "Mi hija, que aceptó amablemente unirse a este inútil trozo de carne con forma de hombre, ahora está muerta debido a su ausencia. ¡No se merece ni siquiera pronunciar su nombre!"

"Estoy de acuerdo," se atrevió Hércules a alzar la voz de nuevo. No era como si pudiera discutir con cualquiera de las acusaciones que se le presentaban. Había abandonado sus responsabilidades y el resultado había herido a quienes eran más importantes para él, incluido Jasón, su mejor amigo.

"Actué estúpidamente y sin honor," continuó Hércules, "y, aunque creo que ya lo he dicho, tomará algún tiempo restaurar mi honor. Entiendo que tengo mucho de qué responder, pero antes de ser crucificado, pediría que se me permita hacer un último viaje, en un intento de restablecer, al menos en parte, el honor que he abandonado.

"Apolo me ha contado la historia de Orfeo, mi amigo y compañero Argonauta, y su esposa. En la historia, se dice que Orfeo amaba tanto a su esposa que llevó su lira al Inframundo para recuperarla".

"Tú, sin duda, conoces el final de la historia," lo interrumpió Zeus. "¿Cómo Orfeo finalmente fracasó en su búsqueda, y cómo fue arrebatada de él por segunda vez?"

"Orfeo no falló en recuperarla," corrigió Hércules a su padre con cuidado. "Pudo convencer a Hades de que la devolviera, y en lo que falló fue en un detalle menor. El proceso convincente es lo que me preocupa. Esto prueba que Hades y Perséfone pueden ser influenciados. Siendo ese el caso, y con su permiso, me gustaría ir al Inframundo, para solicitar el regreso de Hebe".

Zeus y Hera se miraron sorprendidos.

"Esa es una gran propuesta, hijo," dijo Zeus, volviendo a mirar a Hércules. "Te das cuenta de que probablemente fallarás. Hades no puede simplemente permitir que alguien que ha muerto regrese al mundo".

"Sin embargo, no es inaudito," defendió Hera la sugerencia

de Hércules. "Si bien es probable que fracase, hay una pequeña posibilidad de que tenga éxito. Me gusta este plan".

Hércules miró confundido a Hera con el ceño fruncido. Esta pudo haber sido la primera vez que ella expresó algo más que desprecio hacia él. Que ella dijera que estaba de acuerdo con él en el tema probablemente significaba que era una mala idea. Aunque, era su deber y su honor lo que necesitaba ser restaurado. Esta era la única forma en que podía pensar en hacerlo.

"Muy bien". Zeus asintió. "Se te permitirá hacer este viaje. ¿Irás solo?"

Hércules negó con la cabeza. "Jasón ha aceptado acompañarme".

"Ahora, espera un segundo..." objetó Hera.

"Eso es aceptable," Zeus la interrumpió, poniendo una mano de advertencia en su brazo de nuevo. "Después de todo, él necesita restaurar su honor, tal como tú. ¿Ustedes dos se irán de inmediato, entonces?"

"Me gustaría consultar primero al Oráculo de Delfos para ver si tiene algún consejo para mí. Inmediatamente después de eso, nos iremos".

Zeus asintió. "Muy bien, hijo," dijo. "Admiro tu valentía y dedicación. Tienes mi bendición. Ve y triunfa".

Hércules comenzó a girar para irse. Se detuvo a mitad de la vuelta y miró a su padre. "¿Qué hay de esas consecuencias de las que acababas de hablar?" preguntó. "¿Querías hablar de ellos ahora?"

"¡Oh!" Zeus se recordó a sí mismo. "Oh, sí, las consecuencias. Creo que podemos mantener esa discusión después de tu búsqueda. No tiene sentido mantenerlo antes, ya que estas consecuencias ahora dependen del resultado de tu viaje".

"Me estás lastimando el brazo," murmuró Hera a Zeus, refiriéndose al apretón de manos.

Hércules miró a su padre con curiosidad. Nunca había visto a su padre dejar de lado su propia agenda por el bien de otro. Aun así, no estaba dispuesto a cuestionar el veredicto. Se inclinó apreciativamente ante Zeus y Hera, se volvió y abandonó rápidamente la sala del trono antes de que su padre pudiera reconsiderar su generosidad.

Cuando se fue, Zeus soltó el brazo de Hera.

"Sabes," dijo Hera, frotando el área que Zeus se había apoderado, "si esto se vuelve negro y azul, los demás pueden comenzar a pensar que abusaste de mí".

Zeus se encogió de hombros. "La mitad de ellos ya piensa que abusas de mí," respondió. "Dudo que alguien lo mencione".

"Además," continuó Hera, "el hecho de que Hércules eligiera la recompensa exacta que estábamos planeando para él por su cuenta alivia el castigo. No es un verdadero castigo si elige la misión voluntariamente".

"Si falla, entonces te librarás de mi hijo," replicó Zeus. "Si tiene éxito, entonces recuperarás a tu hija. El hecho de que eligiera la búsqueda por nobleza en lugar de exigencia no significa nada. El resultado será el mismo".

Hera se dejó caer en su trono, enfurruñada. "Nunca esperé eso," admitió. "Tu hijo se ha hecho responsable de sus acciones".

Zeus sonrió. "Quizás te sorprenda aún más en el futuro," dijo.

"Quizás muera en los pozos del Tártaro," Hera no pudo resistirse a contraatacar.

"Quizás no lo haga," dijo Zeus, negándose a dejar que la negatividad de su esposa lo derribara. Estaba orgulloso de cómo su hijo había manejado las cosas. Le dio una renovada esperanza de cómo podrían resultar las cosas.

Sin embargo, todo dependía de que Hércules completara una tarea particularmente desalentadora.

CAPÍTULO CINCO

I

HEBE ESTABA DORMIDA. ERA BUENA DURMIENDO Y DISFRUTABA haciéndolo, a menudo durante muchas horas seguidas.

Entre Zeus y Hera, Hera era absolutamente la más fiel de las dos. Aun así, se sabía que tenía una aventura de vez en cuando. Era un lugar común en el monte y casi se esperaba. Tanto es así, de hecho, que Hebe dudaba en absoluto del propósito del matrimonio. Después de todo, con tanta infidelidad conyugal, ¿por qué molestarse en casarse? ¿Fue solo por apariencia o posición social? Quizás fue para hacer uno más deseable para el sexo opuesto. Después de todo, uno siempre desea lo que no puede tener, especialmente si alguien más ya tiene eso.

Hebe era producto de una aventura, por supuesto, por lo que no podía estar demasiado amargada por ellos.

Había sido declarada la diosa de la juventud, no era una mala posición para ocupar. Mucha gente disfrutó de mantenerse joven el mayor tiempo posible, por lo que pudo ganar una gran masa de seguidores. Sabía que probablemente esta no era la intención de su madre cuando fue nombrada para este puesto, pero era una eventualidad obvia. Ser la diosa de la juventud no requería mucha responsabilidad. Después de todo, la gente quería seguir siendo joven y disfrutaba haciendo que otros jóvenes reemplazaran a los jóvenes que ya no tenían. No era la posición más estimulante, pero era una muy valiosa, sin duda.

Además de ser la diosa de la juventud, Hebe había sido nombrada copero de los dioses, específicamente de los olímpicos. Esta posición requería un poco más de dedicación, ya que no solo tenía que asegurarse de no derramar el vino (lo que significaba que no podía participar en gran parte), sino que tenía que asegurarse de que el vino no estuviera envenenado. Zeus le había asegurado que se trataba de un puesto prestigioso y que debería sentirse honrada de ocuparlo. Todo lo que Hebe sabía era que cada vez que servía el vino de los dioses, corría el riesgo de ser envenenada.

Cuando le pidieron que fuera la novia de Hércules, fue otro "honor". Al menos, así era como se suponía que debía aparecer. Este semidiós, de quien su madre había estado tratando de deshacerse durante tanto tiempo, ahora iba a ser su esposo. Al principio, había dudado, pero después de pensar en la situación, llegó a la conclusión de que sería una oportunidad de ganar un poco más de notoriedad en el Monte. Hércules era, después de todo, el hijo predilecto de Zeus. Desde luego, ya no sería simplemente una servidora de vino. Pasaría de la hijastra de Zeus a su nuera, y Hércules se convertiría en el yerno de Hera en lugar de su perdición. El arreglo pareció funcionar para ambos. Además, no era como si fuera un hombre poco atractivo. Hebe recordó lo repugnada que había estado Afrodita cuando le pidieron que se casara con Hefestos, por razones políticas. Hefestos no era una mala persona, simplemente no era atractivo. En cuanto a los arreglos, a Hebe le fue bastante bien. El amor nunca había entrado en la ecuación. El amor vino después.

Hércules había resultado ser un amante increíble y un marido digno. Hebe pronto se enamoró de él. Hebe nunca pudo estar segura de sí Hércules sentía lo mismo por ella. Aunque él afirmó que sí Después de todo, Zeus y Hera decían amarse, pero si el amor era verdadero, ¿por qué sentían la necesidad de desafiarlo constantemente con los amores aleatorios que tenían? Hebe nunca lo entendió, pero tal vez realmente no lo necesitaba. Después de todo, no era su relación. Ella solo sabía que amaba a Hércules, y Hércules afirmó amarla. Demostró su amor de muchas maneras, la principal de ellas, al no tener aventuras. Por lo que ella sabía, él le había sido completamente fiel.

Los primeros años de su ausencia habían sido difíciles. Ella había tratado de decirse a sí misma que él simplemente estaba en una búsqueda, tal vez con los Argonautas, y él simplemente se había olvidado de contárselo. Después de todo, eso era algo que haría. Además, Jasón del Vellocino de Oro también faltaba, más evidencia de su teoría. Ninguno de los otros argonautas estaban, pero Hebe supuso que no era necesario. Después de todo, Hércules y Jasón eran los que tenían mayor notoriedad. Deberían haber traído a Orfeo para documentar sus aventuras en una canción, pero fue tan golpeado después de que no pudo traer a su esposa de regreso del Hades, tal vez se había negado a acompañarlos. Esto fue lo que Hebe decidió creer.

Los años se convirtieron en una década y su creencia vaciló un poco. Su madre había empezado a ridiculizar y castigar a su marido por huir y no ser digno de una esposa. Hebe sabía en el fondo de su corazón que las acusaciones de su madre eran falsas. Sin embargo, dolían, especialmente porque su esposo no estaba allí para refutar los cargos.

Las décadas se habían convertido en un siglo y Hebe intentó olvidarse de Hércules. Pero no sucedió. Hércules había sido un esposo bueno y fiel, y ella le había fallado como esposa. La había dejado, y probablemente nunca volvería a verlo.

Hebe estaba dormida. Disfrutaba dormir y era algo que hacía bien. Mientras dormía, no tenía que pensar en las cosas en las que había fallado.

Mientras dormía, soñaba. Hera apareció ante ella, y Hebe sintió una mezcla de placer al ver a su madre y cautela ante la expresión del rostro de su madre.

"Mírate," *había gruñido Hera,* "desperdiciando tu vida, simplemente durmiendo. ¡Podrías haber hecho mucho más! ¡No tenías que ser una pérdida de tiempo y espacio!"

¡Hebe se sorprendió! Eso no sonaba propio de ella. Hera siempre la había apoyado e, incluso en sus críticas, al menos algo alentadora hacia ella. ¿Por qué la estaba atacando ahora?

"Nunca debí haberte dado a luz," *continuó Hera sin descanso.* "Si hubiera sabido la decepción que resultaría ser, te habría abortado. Te habría llevado al horno de Hefestos y, mientras él estaba de espaldas, te habría arrojado al fuego".

Hebe abrió la boca para suplicar a su madre que se detuviera. Quería llorar y preguntarle a Hera por qué estaba siendo tan cruel. Quería gritar y rogarle a su madre que se detuviera. Abrió la boca para decirle, pero descubrió que no podía. Su boca se cerró una vez más con asombro y consternación. Ella no pudo emitir ningún sonido.

"No vales nada," *proclamó Hera, acercándose más y directamente a la cara de Hebe.* "No tienes ningún valor ni lugar entre los dioses. Nos harías un favor a todos matándote. Eso, al menos, nos evitaría la tarea de expulsarte del monte. No tienes ningún propósito aquí. ¡No tiene sentido que estés aquí! ¿Por qué no te matas?"

Los ojos de ensueño de Hebe se agrandaron y se dio cuenta

de que su madre estaba diciendo todas las cosas que Hebe había tenido miedo de pensar mientras estaba despierta. Eran exageradas, por supuesto, pero Hebe siempre había sospechado que eran cosas que los otros dioses pensaban de ella. No le quedaba nada. Las lágrimas que se negaban a salir ardían en sus conductos. Se sintió escuchando lo que decía su madre y encontrando lógica en ello. Tal vez debería simplemente suicidarse, eliminando así el deber de destierro. Seguramente esa era la única opción lógica que le quedaba.

“Mírame,” *continuó Hera, y Hebe prácticamente podía oler la ceniza en su aliento.* “¡Soy una buena esposa! Mi esposo nunca me abandonaría, ¡porque soy una buena esposa! ¡Eres inútil, incluso como compañera! Tu marido te dejó; eres una decepción, incluso en el matrimonio. Fue un buen esposo para ti y le has fallado como esposa. No eres nada, y eso es todo lo que serás. ¡Mátate!”

Algo hizo clic en la mente de Hebe. Su madre, aunque aceptó vacilante a Hércules, nunca lo habría elogiado. Algo andaba mal con toda esta transacción.

Lentamente, Hebe se dio cuenta de que estaba teniendo un sueño.

Luchando contra el miedo que la criatura que se hacía pasar por su madre le estaba provocando, abrió la boca una vez más. “¿Quién eres?” *se atragantó, usando todas sus fuerzas para hacerlo.*

El monstruo en la forma de su madre la miró, sorprendido. Se recuperó rápidamente. “Soy tu madre,” *gruñó la criatura,* “por mucho que odio admitirlo”.

“Tú no eres mi madre,” *replicó Hebe, sintiendo que algo de su fuerza regresaba.* “Mi madre no me hablaba así. Sé que no eres mi madre. ¿Quién eres?”

La criatura comenzó a parecerse cada vez menos a su madre

cuanto más se resistía. Hebe intentó desesperadamente despertar, pero no pudo. El sueño persistió, quizás haciéndose más fuerte, ahora que lo había identificado. El disfraz de Hera se deslizó aún más, y ahora Hebe podía ver a través de él. Casi deseó que se hubiera quedado como su madre.

La criatura apareció como una masa de humo negro. El hedor a azufre emanaba de ella cuando sus repugnantes tentáculos negros la alcanzaron, girando alrededor de su cuerpo, tratando de entrar por cualquier orificio disponible. Permeó a través de sus fosas nasales, golpeó los límites de sus globos oculares y se deslizó hasta sus oídos. Hebe apretó la boca con fuerza a pesar de que el humo la empujaba sin descanso.

"Soy una tragedia," *gruñó la criatura, y Hebe escuchó la voz en su mente como si el humo también hubiera llegado allí.* "Yo soy el destructor. Soy lo que temes y soy lo que has perdido".

La sangre salió del rostro de Hebe mientras el humo se deslizaba por sus ropas, acariciándola y tocándola con saña. A medida que la violación se hizo más fuerte, comenzó a sentir que su fuerza se evaporaba, como si este monstruo la estuviera drenando, simplemente a través del contacto con su carne.

"Soy tu pesadilla," *tronó la bestia en su cabeza.* "Soy todas las cosas que alguna vez has temido, que vienen a alimentarse de tu mente. No hay seguridad en la que esconderse, ni refugio que te proteja de mí. Yo soy la oscuridad y tú eres mía".

"¡Déjame!" *Hebe lloró desesperada. En el momento en que su boca se abrió, incluso el más mínimo, el humo se hundió a través del espacio entre sus labios. Al darse cuenta de su error, Hebe gritó con fuerza, esperando que el grito la despertara. Falló. Hebe continuó gritando mientras la bestia la arañaba, destrozando sus ropas y desgarrándole la carne.*

"Grita, niña," *la bestia la animó, burlonamente.* "Nadie te escuchará. Grita todo lo que quieras. Me perteneces".

La criatura la atacó, deslizándose a través de su piel y dentro de su cuerpo. A Hebe le pareció que cuanto más gritaba, más fuerte se volvía esta violación. Cada vez que dejaba de gritar, podía sentir sus emociones latiendo desde su interior, suplicando ser liberada. No había nada que pudiera hacer para evitar este ataque. Hebe sintió que se deslizaba entre las garras del monstruo.

II

Perséfone era hermosa. Cualquiera que la viera estaría de acuerdo.

Eres hermosa Perséfone
Cuya imagen brilla eterna.
Lleva la luz a la hora más oscura
Y a través del tiempo me lleva.

Su cabello rubio fluía como el satén, descansando suavemente sobre sus hombros fuertes y ágiles. Sus largas y lujosas pestañas, que se extendían desde sus párpados, enmarcaban las delicadas pinturas azules encerradas dentro de sus iris. Sus labios carnosos y esponjosos eran naturalmente de un carmesí profundo. Uno podía escuchar el canto de los pájaros un poco más fuerte y sentir el sol brillando un poco más cada vez que ella optaba por curvarlos en una sonrisa generosa.

Dondequiera que camines, las flores florecen
Y donde bailas, los pájaros cantan.

Siempre que elijas decir una palabra,
Nueva vida parece traer.

Su piel era clara e impecable, como una crema suave que cubría su cuerpo de la cabeza a los pies. Ninguna peca, lunar u hoyuelo estropearía un lienzo tan prístino. Muchos extraños se detenían y miraban esta hermosa maravilla mientras caminaba, haciendo que el paso pareciera casi un baile. Sus pechos firmes y llenos rebotaban ligeramente con cada movimiento de sus elegantes caderas. Sus delgados muslos la hacían fluir como terciopelo por el terreno.

Nado en el océano de tu cabello
Me ahogo en tus azules ojos.
Bailo con la música de tus labios
Mientras cantas hermosos engaños.

Ella era la hija de Deméter, la gran diosa del hogar. Deméter fue muy protectora con su hija, valorándola por encima de cualquiera dentro de su dominio. Muchos hombres, tanto humanos como dioses, habían intentado cortejar y pretender a la exótica Perséfone, pero ninguno había logrado obtener el permiso de su madre. Los que habían procedido con el noviazgo, en contra de la voluntad de Deméter, se dieron cuenta rápidamente de que era una mala idea. Ella se lo tomó muy personalmente.

No soy digno de mirar
A ti y toda tu hermosura.
Me harías un honor, si tan solo pudieras
mirarme con un poco de dulzura.

Un día, mientras Perséfone estaba entre las flores en un

campo no lejos de la casa de su madre, la Tierra que tenía ante ella se abrió. Hades, el gran dios del inframundo, se adelantó y la secuestró. La había estado observando durante algún tiempo y se convenció a sí mismo de que ella era la única mujer con la que podría estar satisfecho. Perséfone gritó y se resistió lo mejor que pudo, pero el agarre de Hades sobre ella no se pudo romper. Hades la trajo con él, de regreso al inframundo.

Deméter no conocía el plan de Hades y no tenía idea de lo que le sucedió a su hija. Presa del pánico, comenzó a buscarla en el mundo. La búsqueda de Deméter la consumió y su control sobre el equilibrio del planeta comenzó a decaer. Las estaciones se distorsionaron y la sequía azotó la Tierra, seguida de un invierno frío y despiadado. Los humanos sufrieron y Deméter no estuvo lo suficientemente cerca de descubrir la ubicación de su hija. La Tierra empezó a morir. Finalmente, Zeus vio que tenía que intervenir. Al principio, había visto el secuestro como un asunto personal entre Hades y Deméter, pero también se estaba convirtiendo en un problema para el resto del mundo. Zeus se dirigió a su hermano y le pidió que le devolviera Perséfone a su madre.

Hades no era desalmado, sin importar lo que dijeran los otros dioses. Había visto las pruebas de la Tierra y se había emocionado. Sin embargo, en el tiempo que pasó con su esposa cautiva, había llegado a amarla y nunca se había sentido tan satisfecho como cuando estaba con ella. Hizo un trato con Zeus: si Perséfone no había comido nada en todo su tiempo en el inframundo, se le permitiría regresar. Zeus encontró esto aceptable.

Después de reunirse con Zeus, Hades se acercó a Perséfone. Sabía que ella no había comido nada desde que había entrado en su reino. Si bien en el inframundo no se requería comer, el deseo de comer no disminuyó. Perséfone vio acercarse a su captor. Dejó un cuenco de doce higos delante de ella.

Hades le explicó la situación. Le dijo que si deseaba volver con su madre, lo aceptaría. Todo lo que tenía que hacer era comerse los higos. Si deseaba quedarse con él, deje el cuenco intacto. Hades la dejó para que tomara su decisión.

Cuando Hades regresó más tarde, descubrió que solo se había comido la mitad de los higos.

Eres hermosa Perséfone.
Lo intento, pero no puedo ver
De todos modos, en la Tierra o en el cielo, que
Alguna vez podrías amarme.

III

Hades nunca había vendido sus acciones en computadoras Macintosh. A pesar del gran levantamiento de Microsoft, se había mantenido. Por muy oscuro que pareciera el futuro de Macintosh, Hades se había aferrado a las acciones. Eso se debió principalmente a que no tenía ganas de vender, ya que habría requerido un esfuerzo adicional. Hades estaba ocupado dirigiendo el Inframundo, por lo que generalmente trataba de evitar cualquier esfuerzo adicional. De todos modos, todo estaba funcionando ahora. Amaba su computadora portátil Mac; era fresca, delgada y compacta. Las hojas de cálculo también facilitaron el seguimiento de los residentes del Inframundo.

La afluencia del Inframundo se había ralentizado recientemente, durante los últimos siglos aproximadamente. Antes, se había restringido a griegos, romanos fallecidos y los pocos que seguían a los dioses. Ahora, aunque los parámetros eran los mismos, muy pocos llegaron a la división del Inframundo de Hades. Dado que cada vez menos personas adoraban a los dioses antiguos, cada vez menos ganaban aceptación (o también eran condenados, según el caso) en el inframundo. Con más tiempo en sus manos, Hades pudo ser más creativo con las torturas del Tártaro y las comodidades de los Campos Elíseos. Hace poco tiempo, tal vez uno o dos siglos, había contratado una compañía de Gólems de fuego para patrullar el Tártaro, como una "fuerza policial" sádica. Casi al mismo tiempo, Hades había reclutado a un grupo de dríadas de Artemisa y las había estacionado dentro de los Campos Elíseos para dar servicio a los residentes allí. La computadora le permitió registrar y documentar todo lo que ocurría en ambos lugares. Gobernar el inframundo nunca había sido tan fácil.

Hades se sentó frente a su computadora esa noche en particular, estudiando las actividades del día. Las cosas iban perfectamente bien en los Campos Elíseos, pero muy, muy mal en Tártaro. Así fue como debería haber sido.

Detrás de él, Hades oyó abrirse la puerta de su oficina. Una sonrisa se extendió por sus labios cuando un dulce aroma llenó la habitación, haciéndole saber quién estaba allí.

"Cariño," vino la voz musical de Perséfone, "¿has visto mi camisón?"

"¿Cuál, nena?" Hades no se molestó en apartar la mirada de su computadora. "Tienes bastantes".

Por supuesto, no importaba cuál fuera, ya que no tenía idea de dónde estaba ninguno de ellos.

"Oh, el azul suave," respondió Perséfone, "¿con la seda y el encaje?"

"¿El de seda azul?" Hades se dio cuenta de la sorpresa. "¡Me encanta el de seda azul! ¿Lo perdiste?"

Hades volvió su rostro horrorizado para ver a su esposa

parada en la puerta. Una sonrisa astuta apareció en su rostro, mientras giraba ligeramente, mostrando la misma prenda por la que había estado preguntando. Las bandas de encaje sostenían el atuendo, permitiendo seductoramente que el escote se hundiera, casi un poco demasiado profundo. La seda fluía de sus hombros, cubriendo su cuerpo delicadamente como una cascada transparente, terminando en la parte superior del muslo y mostrando sus piernas fuertes y ágiles.

Perséfone se rió mientras entraba a la oficina, se sentó en el regazo de su marido a horcajadas sobre él. "No, tonto," le susurró al oído. "Me preguntaba si lo habías visto".

Perséfone presionó sus labios contra los de Hades, y el dulce vino de su aliento llenó su boca. Sus lenguas bailaron juntas en una salsa exótica elevándolos del Inframundo a las nubes. Hades masajeó suavemente los hombros de Perséfone, que se movían suavemente, y sus uñas se clavaron en su espalda mientras los dos se embelesaban mutuamente. El tiempo se detuvo y se alejó, permitiendo a los amantes un poco de privacidad.

Perséfone terminó el beso a regañadientes y apoyó la cabeza sobre el hombro de su marido. "¿Estás ocupado?" susurró ella, tomando el lóbulo de su oreja entre los dientes.

Hades se recuperó cuidadosamente del éxtasis del momento. "Solo tengo algunas cosas que terminar aquí," respondió. "¿Necesitas algo?"

"Te necesito," respondió Perséfone, moviéndose ansiosamente en su regazo. "Pronto volveré a estar con mi madre y te echaré de menos. Solo quería jugar contigo un poco".

"Sabes, ahora eres una mujer completamente adulta," dijo Hades, tratando de regresar su mente a su trabajo en lugar de presionar la pelvis contra sus muslos. "Ya no necesitas vivir según las reglas de tu madre".

"Oh, pero mi madre todavía se preocupa por la Tierra,"

Perséfone hizo un puchero. "Si no regreso, ella estará triste y el planeta sufriría. Los mortales pueden morir, ¿sabes?"

"¿Y cuál es tu preocupación?" Preguntó Hades, levantando su rostro hacia el suyo de nuevo.

Una vez más, los dos se perdieron en un beso rompiendo los límites de la forma. Los dos cuerpos dejaron de existir, quedando solo una entidad, completa y satisfecha consigo misma.

Deslizándose de su regazo, Perséfone pasó una mano persuasiva por el rostro de su esposo. "Ven a jugar conmigo," suplicó.

Con un suspiro, Hades cedió. Apagó su computadora y se levantó de su silla, tomando a su esposa en sus brazos.

"En un momento," dijo. "Ven conmigo y mira a nuestro prisionero favorito".

Tomados del brazo, los dos abandonaron la habitación.

IV

Sangre.

Había sangre por todas partes, goteando de sus piernas desnudas, goteando por su torso desnudo, cubriendo la carne de sus brazos y saturando su cabello.

El olor acerado inundó lo que quedaba de su sentido del olfato. Sabía que era suyo, y había mucho. Su mente se entumeció al pensar en cómo había llegado a estar allí. Ésta era la única realidad que conocía. Era el único olor que podía recordar.

Sus muñecas estaban atadas detrás de ella a una púa... un poste, una correa, una pared... y no podía liberarlas. Quizás estaban rotos. Quizás ya no estaban allí. Quizás ella había estado aquí tanto tiempo que simplemente aceptó esto como su única posición.

Había perros. Podía verlos y oírlos gruñirle. Podía sentirlos mordiendo su carne mientras se lanzaban hacia su cuerpo. Lo hacían constantemente, sin cansarse nunca y sin descansar. Siempre fallaron en hundir dientes en su músculo, pero no en su piel. Sus dientes salvajes siempre le cortaban la carne, apenas la alcanzaban, pero penetraban lo suficiente para dejar una marca, una mancha de sangre fresca, un nuevo realce. Los perros tenían ataduras y correas propias, lo que les impedía llegar a su cuerpo, más allá de la barrera cutánea. Estaba agradecida por las correas y la protección que le brindaban. Odiaba las correas por la protección que proporcionaban. A menudo, deseaba que uno de ellos se rompiera. De esa manera, uno de los perros podría alcanzarla y lograr lo que estaba tratando de hacer.

Eso nunca sucedería.

Esta era la realidad.

Era la única realidad que podía recordar.

V

Hades y Perséfone observaron la escena. Hebe estaba encadenada a un poste de metal, rodeada por los perros salvajes. Los perros estaban encadenados a una distancia lo suficientemente lejana para evitar infligir un daño real. Las heridas superficiales cubrieron la mayor parte de su cuerpo. Hebe pudo evitar algunos de los ataques agarrándose al poste, pero por lo general, el intento de esquivar solo la pondría en el camino de la estocada de otro perro.

Había dejado de gritar constantemente hace mucho tiempo, algo para consternación de Hades. Ella todavía gritaba, pero solo ocasionalmente. Prometeo hizo lo mismo, después de un tiempo. Solo significaba que habían aceptado su destino y perdido la esperanza. Ese era el objetivo de Hades, pero los gritos le dieron una macabra sensación de satisfacción.

Poniendo su mano sobre el hombro de Perséfone, Hades señaló el poste. "Estaba pensando en instalar una carga eléctrica," dijo. "De esa manera, cada vez que toque el poste, se sorprenderá".

Perséfone enarcó las cejas mientras miraba a su marido. "Estás enfermo," dijo.

Hades se encogió de hombros. "Simplemente no quiero ser demasiado predecible".

A Perséfone siempre le había impresionado la dedicación de su marido a su oficio. A veces, la asustaba, pero al menos él hacía el trabajo. Nunca hubo escasez de horrores que infligir, y Hades siempre estaba buscando nuevos. Perséfone podía ignorar la persistente inquietud que le producía la inclinación de Hades por la tortura. Ella lo amaba tanto. Eso, por sí solo, era razón suficiente para mantener fuerte su amor.

VI

Buenas noches a todos, soy James Novus. La mayoría de ustedes está familiarizada con la historia, titulada en broma "El regreso de los titanes", que les hemos estado cubriendo durante el último mes. Nuestro periodismo de

investigación ha descubierto una posible explicación.

Estoy sentado aquí con el Sr. Fred Thomas, cuyo nombre en código es "Espantapájaros". Es el jefe de un capítulo local de actores que están involucrados en un juego bastante intenso llamado LARP (siglas en ingles de: **J**uego de **R**oles de **A**cción en **Vi**vo) **¿Cómo estás hoy, espantapájaros?**

Estoy bien, gracias, James. Lo primero que creo que debería decir es que LARP no es exactamente un juego. Significa Live Action Role Play, por lo que es más un género que un juego. Los participantes asumirán la personalidad de un personaje que creen, al igual que un actor de cine o de teatro, y realizarán tareas con esa personalidad. Hay una variedad de escenarios en los que los personajes pueden ubicarse dentro del juego, que van desde lo medieval a lo moderno o incluso futurista.

Entonces, ¿crees que los personajes de la calle estaban jugando a este juego?

Una vez más, LARP no es un juego en sí mismo, es un tipo de juego. Lo que estoy diciendo es que algunos de los LARP pueden haberse dejado llevar por sus personajes, y el juego puede haberse salido de control.

¿LARP fomenta el uso de drogas en alguna actividad que mejore el rendimiento?

Bueno, no puedo hablar por todos los participantes en un LARP, pero puedo decir que nunca animé a mi grupo a consumir drogas, y yo mismo nunca he participado en un grupo que lo haya hecho. No estoy familiarizado con la actuación que realizaban estos personajes, pero me parece que están muy dedicados a su oficio, incluso hasta el punto de hablar una forma antigua de griego. Si bien no apoyo sus acciones, aplaudo su perfección.

Entonces, ¿estás diciendo que eres un simpatizante de los Titanes?

No, eso no es lo que dije. Dije que eran muy buenos para mantener su carácter.

¿El juego de LARP fomenta actos de destrucción y caos civil?

LARP no es un juego, es un tipo de juego. Y no, no animamos a los jugadores a infringir la ley. Mira, todo lo que estaba diciendo es que estos "Titanes", como los llamas, pueden haber estado representando una secuencia LARP. No sé nada más.

Gracias, espantapájaros, eso parece...

No dude en llamarme Sr. Thomas.

—Traiga la situación a una nueva luz. Es posible que estos llamados Titanes solo hayan participado en el juego de culto clandestino de LARP:

¡Deja de llamarlo juego! ¿Y quién dijo que era una secta?

Tendremos más detalles sobre la sociedad y otros seguidores de LARP a medida que surjan. A continuación, ¿qué paso en falso de la moda de las celebridades puede estar marcando tendencia con cierta secta de extremistas religiosos en Arizona? Tendremos más después de estos comerciales.

Morfeo caminó con determinación hacia la biblioteca del Olimpo. Desde que había visto a Hércules, algo había estado carcomiendo en el fondo de su mente. Necesitaba estudiar.

El poeta Homero había sido aceptado como un escriba histórico en lo que respecta al funcionamiento de los dioses. Por supuesto, los humanos no tenían pruebas sólidas de que Homero hubiera existido alguna vez, pero eso no parecía importar tanto como sus contribuciones a la literatura. Su documentación de la guerra de Troya se consideró incomparable, al igual que su relato del viaje a casa de Ulises y las circunstancias que lo rodearon. Estos fueron dos de los libros que el público pudo ver. Homero, que en realidad había sido una persona real, escribió muchos más. Zeus los mantuvo ocultos al público, ya que muchos de ellos podrían haber permitido demasiada información sobre los dioses y la política del Olimpo. Zeus había hecho todo lo posible para eliminar cualquier evidencia de la existencia de Homero, pero el poder de la palabra escrita había demostrado ser más fuerte incluso que el poder del Olimpo. Una vez que se escribe algo, no se puede borrar.

Morfeo había conocido a Homero. Se preguntó si la gente abrazaría sus obras con tanta calidez, si hubieran sabido quién o qué era en realidad.

Había un libro por el que Morfeo estaba particularmente preocupado en este momento: el *Posterus* de Homero. Dentro de él, Homero había predicho el futuro de los dioses, inspirado por una visión de otro mundo que lo había vuelto loco al final. Morfeo solo lo había leído una vez, y había descubierto que las profecías, si podían llamarse así, eran demasiado oscuras y vagas para ser algo útil. Sin embargo, ahora había un pasaje relacionado con él.

Morfeo notó que Cupido, acompañado por Artemisa, se acercaba a él. Bajó la cabeza para evitar sus miradas, pero falló.

"Entonces," Cupido lo saludó mientras se acercaban el uno al otro, "¿Estaba yo hablando con Hércules antes, o simplemente me lo imaginé también?"

"Ahora, Cupido" le reprendió Artemisa, en su defensa, el regreso de Hércules parecía un poco improbable. "No seas demasiado brusco con él".

"No, no," Morfeo hizo caso omiso de la simpatía de Artemisa, "tiene razón. Me burlé de él por decir que Hércules había regresado, y merezco que se burlen de mí por estar equivocado. Ahora, estoy seguro de que ustedes dos tienen cosas que hacer, así que los dejaré en paz".

Cupido arqueó una ceja. "¿Te pasa algo, Morfe?" preguntó.

"Tengo muchas cosas en la cabeza," respondió Morfeo, encontrando la mirada de Cupido con su propia mirada impaciente.

"Cupido y yo vamos a ir a un nuevo club en el mundo," sonrió Artemisa. Cleveland, ¿verdad? Eres bienvenido acompañarnos si lo deseas. Puede que te distraiga un poco de las cosas".

"Ahí es precisamente donde no quiero que esté mi mente", le informó Morfeo a ella.

"Espera"." Consideró su oferta con un ceño confuso. "¿Vas a un club? ¡Tú no vas a clubes!"

"Bueno, Cupido me convenció de esto," respondió Artemisa. "Pensé que podría ser un buen cambio de ritmo. ¿Quién sabe? De hecho, puede que me divierta. Disfruto bailar, después de todo".

"No este tipo de baile," respondió Morfeo. "Estás cazando algo".

"¿No puede una mujer simplemente ir a algún lugar sin tener un motivo oculto?" Artemisa suplicó inocentemente.

Morfeo la miró a los ojos en silencio por un momento más. Luego se encogió de hombros. "Quizás," dijo. "Sin embargo, todavía debo rechazar tu oferta. Tengo cosas que hacer. Ahora, si me disculpas..."

Morfeo se disculpó sin esperar respuesta. Artemisa y Cupido lo vieron alejarse.

"Me pregunto qué estará tramando," reflexionó Artemisa.

"¿Quién sabe?" Cupido respondió, volviendo su curiosidad

hacia Artemisa. "Él es Morfeo. Estoy más interesado en ti ahora mismo. ¿Tenía él razón? ¿Estás cazando algo?"

"Sí," confirmó Artemisa. "Un buen momento".

Cupido enarcó las cejas, poco convencido. Morfeo tenía razón: Artemisa nunca había sido de las fiestas. Había sorprendido a Cupido con la invitación, pero Cupido aceptó rápidamente, aprovechando la oportunidad de salir del Olimpo, especialmente en compañía de una de las atletas olímpicas originales. Por mucho que el estatus ya no importaba tanto, seguía siendo un honor ser visto con uno de los doce tronos.

Ella estaba cazando algo.

Artemisa le ofreció el brazo y Cupido lo tomó. Los dos se marcharon. Sin importar cuál pudiera ser su motivo, Cupido estaba deseando pasar una velada con Artemisa, relajándose y disfrutando del club. Debería ser divertido.

VII

El hombre de una sandalia y el gran hijo bastardo
Vuelven a luchar contra las falsas bestias del nuevo mundo.
Se cometen errores y el Inframundo devuelve uno:
Ella no será la misma.
Los tres harán que se restaure la energía que se perdió.

El hombre de una sandalia era Jasón de Lolkos.

El gran hijo bastardo era seguramente Hércules.

El término "bestias falsas" podría referirse a los automóviles que ambos habían destruido.

Bajando *el Posterus*, la frente de Morfeo se frunció con un pensamiento profundo. Si Homero había pronosticado estos eventos, ¿qué iba a pasar? Parecía estar indicando el regreso de los viejos dioses. Los mortales ya no recordaban quiénes eran. ¡No tendría sentido que regresaran ahora ya que nadie los adoraría!

Morfeo se enterró una vez más en el libro. Debe haber algo que se estaba perdiendo.

EPÍLOGO

Pasar a través de la Niebla del Tiempo no es tan difícil como podría pensarse. Realmente, si uno simplemente se enfoca en su destino, es fácil navegar. Eso es, por supuesto, siempre que el destino sea recto sin curvas ni desvíos. Una vez que agregas curvas y desvíos, el viaje se vuelve un poco más complejo. Inevitablemente habrá obstáculos y distracciones.

Las tres hermanas continuaron su trabajo diligentemente, midiendo, cortando y catalogando la cuerda. Por mucho que intentaran ignorarlo, la cadena recién restaurada había captado la atención de los tres. Lo estudiaron muy de cerca sin siquiera quererlo. Ninguno de ellos pudo entender por qué se restauró la cuerda. Aun así, no era su trabajo preguntarse por qué. Su trabajo consistía simplemente en tirar, medir y cortar la cuerda.

Las Parcas siempre han tirado, medido y cortado los hilos.

Fin

POSDATA

Hace mucho, mucho tiempo...

Afrodita estaba muerta. Todos en el Monte la habían sentido morir.

Mientras Zeus caminaba por los pasillos del Olimpo, pensó en el último y más fuerte ataque que su enemigo había preparado contra ellos. La muerte de un olímpico parecía haber sido su objetivo desde el principio, y ahora que lo habían logrado, no había nada que les impidiera hacer más daño, tanto al panteón olímpico como al mundo que habían habitado durante tanto tiempo. Sus identidades seguían siendo un secreto, pero ya no importaba. No importaba quiénes eran. El hecho de que existieran y tuvieran tanto poder sobre los dioses era bastante destructivo. Este ya no era su mundo.

Zeus entró en la cámara, donde se estaba llevando a cabo la reunión que había ordenado. Todos los demás ya estaban allí. Zeus escaneó con su mirada la habitación, viendo a los ocupantes. Dentro de la sala se sentaron todos los olímpicos, incluido Ares, todavía humillado por su derrota a manos de los celtas. Pythia, el Oráculo de Delfos, también estaba allí. Sus ojos que todo lo veían eran ahora dos cuencas vacías y quemadas, ella misma víctima de un ataque enemigo. Apolo le había asegurado que sus ojos se repararían y que volvería a ver, pero por ahora, su mirada macabra era más que un poco desalentadora.

Sentado junto al Oráculo, como si reemplazara a su madre, estaba Cupido. Sostuvo la mano del Oráculo de manera alentadora, como si le quedara algo de aliento. Había estado visitando El Oráculo cuando ocurrió el ataque, pero no había reconocido al atacante. Zeus sospechaba que se culpaba a sí mismo. Quizás si hubiera sido más fuerte, al Oráculo no le habrían quemado los ojos. Por supuesto, la alternativa más probable era que también lo hubieran matado o mutilado. Sus enemigos habían sido sospechosamente misericordiosos.

También se unió a ellos en la reunión Hefestos, bienvenido al Monte para este evento. El arma que había diseñado nunca se usaría, al menos no para el propósito para el que había sido diseñada. Era una maravillosa pieza de tecnología, y Zeus estaba orgulloso de decir que su hijo la había construido. Independientemente que el desarrollo más sensacional se desperdiciara si las circunstancias negaran su utilidad.

Zeus tomó asiento en la habitación y todos los ojos se volvieron hacia él. Suspiró profundamente. No iba a ser una tarea fácil.

"Todos saben por qué he convocado esta reunión," comenzó.

"¡Vamos a la guerra!" Ares defendió su causa, levantándose ambiciosamente, todavía vestido con su armadura. "Es la única opción que tenemos; de hecho, ¡siempre ha sido la única opción! Si lo hubieras visto antes, quizás mi hermana no estaría muerta".

"¡Cállate, Ares!" Rugió Antena, levantándose de su lugar

en el círculo y dando un paso hacia la cara de su hermano. "¡Tú fuiste el que se salió de la línea, violando la tregua!"

"¡La tregua nunca debería haberse hecho!" Ares le gritó al único atleta olímpico que lo igualaba en tamaño y fuerza. "Era una broma, pensar que los dioses podían coexistir felizmente. ¡Siempre habrá una batalla por más poder!"

"Estabas equivocado, Ares," dijo Artemisa desde su asiento. "Los símbolos grabados en los cuerpos de Castor y Pólux no eran celtas. Cuando libraste la guerra de forma independiente contra ellos, arruinaste cualquier esperanza de paz o cooperación que se pudiera haber encontrado".

"Nunca fue una esperanza," gruñó Ares.

"Ambos necesitan sentarse," dijo una versión extrañamente fría de la voz de Cupido.

Tanto Ares como Atenea lo miraron con sorpresa. La mirada de Cupido nunca vaciló. No miró a ninguno de los ojos mientras se llevaba el enrollado de hojas sazonadas a los labios y lo encendía. Parecía haber más emoción en las cuencas de los ojos quemados de Pythia que en su mirada gélida. De todos ellos, era el que más había perdido, y su comportamiento reflejaba eso. No parecía herido y consternado, ni siquiera enojado... simplemente parecía frío. Eso, viniendo del normalmente indiferente dios del enamoramiento, era bastante aterrador. Ares parecía como si estuviera a punto de responder al pequeño advenedizo, pero lo reconsideró. Para sorpresa de todos, simplemente regresó a su asiento. Atenea necesitaba ser aún menos convincente. Al mirar fijamente la mirada de Cupido, sintió un escalofrío recorrer su columna vertebral. Al igual que su hermano, volvió a sentarse.

"Gracias, Cupido," dijo Zeus vacilante, asintiendo con la cabeza. Si Cupido se dio cuenta, el único reconocimiento fue una nube de humo exhalada.

"Como estaba diciendo" continuó Zeus, "he estado

pensando en la situación en la que nos encontramos. Quizás pensar que nosotros y los panteones extranjeros podríamos vivir en paz unos con otros fue ingenuo. Eso es obvio por las bajas que ha sufrido nuestro bando. Ares pudo haberse equivocado al atacar a las tribus celtas de la forma en que lo hizo, sin el apoyo y sin una causa justa, pero su premisa no era del todo errónea. Hemos sido atacados y el enemigo sigue siendo un misterio, riéndose de nuestro dolor".

"Este ya no es nuestro mundo. Ha llegado el cambio, el mundo ha avanzado y quizás la época de los atletas olímpicos se ha ido".

"¿Entonces, qué?" Ares dio rienda suelta a su furia característica. "¿Se supone que simplemente debemos arrodillarnos y someternos a nuestra derrota? ¿Esperas que simplemente inclinemos nuestros rostros, siendo llevados como ovejas para ser sacrificadas en el altar de este nuevo mundo?"

"Hefestos," Zeus hizo todo lo posible por ignorar la crítica del dios de la guerra, "¿puedes explicar el arma que desarrollaste?"

"Está bien". Hefestos asintió, tratando de no parecer demasiado emocionado con su proyecto. "Derivé la idea del río Estigia y la forma en que a veces conduce al Inframundo y a veces conduce al otro lado. El bar de Dioniso funciona de la misma manera, donde las personas que saben dónde está la entrada pueden transportarse a la realidad que existe del otro lado, pero las que no pasan por la zona, sin saberlo. Como todos sabemos, tanto el Inframundo como El Olvido existen en una realidad separada de la nuestra, pero aún conectados hasta cierto punto. El tiempo se mueve de manera diferente allí, y los eventos en la Tierra rara vez, si acaso, lo afectan. Comencé a explorar otras realidades alternativas que tenían los mismos parámetros y descubrí que había muchas para elegir. Muchos de ellos tenían estructuras ambientales similares y la mayoría aún eran territorios inexplorados".

Hera puso los ojos en blanco. "Di eso en griego," ordenó. "No tengo idea de qué idioma estás hablando".

"Hay otros mundos..." refunfuñó Hefestos, dirigiendo una mirada condescendiente a su madre, "y otras personas pueden vivir allí.

"Con este descubrimiento, desarrollé un sistema de portal que funcionaría como un nexo con una de estas dimensiones recién descubiertas y un vacío, creando una atracción gravitacional lo suficientemente fuerte como para atraer a las entidades extranjeras. La idea era..."

"La idea era sacar al enemigo del campo de batalla sin tener que derramar sangre". Apolo miró a Hefestos con los ojos muy abiertos y una sonrisa de oreja a oreja. "Hefes, eso es brillante".

"Bueno," Hefestos se volvió hacia Apolo con una sonrisa de agradecimiento, "la idea no era exactamente para evitar el derramamiento de sangre; era eliminar al enemigo de la forma más completa y sin esfuerzo posible. La falta de sangre era solo una ventaja feliz. Sin embargo, agradezco el reconocimiento".

"Una guerra sin sangre," se burló Ares. "Nunca había escuchado un concepto más ridículo".

Zeus hizo todo lo posible por ignorar el comentario de Ares. "Este portal..." Zeus continuó su sondeo. "¿La idea tuvo éxito?"

Hefestos asintió. "Si Lo tuvo," confirmó. "Para probarlo, necesitaba enviar una criatura viviente a través del nexo y asegurarme de que todavía estuviera viva en el otro lado. Con un poco de manipulación, pude configurar un sistema en un lado para observar los eventos en el otro. De hecho, era bastante complejo; Tuve que crear un sistema de espejos y vidrio reflectante que..."

Al mirar los rostros en blanco, Hefestos se dio cuenta de que estaba perdiendo audiencia.

"Supongo que los detalles son irrelevantes," continuó. "Después de instalar el cristal reflectante, envié a un perro pequeño a través del portal. Observé, a través del cristal, mientras el perro emergía del otro lado, completo y de una pieza. El perro procedió a correr por la llanura alienígena, a través de la hierba y otros elementos, como si todavía estuviera aquí. Sin duda, invertí la polaridad del nexo y el perro fue atraído hacia el portal, saliendo una vez más por este lado. Después de examinar a la criatura, descubrí que estaba en el estado exacto en el que estaba antes de que la enviaran a través del portal".

"¿Qué tiene esto que ver con todo este asunto?" Preguntó Hera, dirigiendo su pregunta a su marido. "Ya nos has dicho que no tenemos lugar en este mundo. ¿Qué utilidad podría tener un arma que...?"

La mandíbula de Hera se quedó en silencio y sus ojos se agrandaron mientras respondía a su propia pregunta.

"¿Podría utilizarse este portal como medio de transporte, en lugar de eliminación?" Preguntó Zeus.

Todos los ojos en el Monte, incluida la retina quemada del Oráculo, se volvieron hacia Zeus cuando la realidad de lo que estaba sugiriendo se hizo clara. Zeus permaneció sombríamente concentrado en Hefestos mientras su estoica cabeza asentía lentamente en confirmación.

Los residentes del Olimpo se estaban moviendo.

La época de los olímpicos había terminado.

El mundo se había movido, dejándolos atrás.

Hefestos había alterado un poco la máquina, asegurándose de que la dimensión alternativa a la que se iban a transportar fuera estable. También había ampliado la estela del portal para abarcar objetos más grandes y concretos, lo que permitió a los olímpicos transportarse no solo a sí mismos sino a todo su mundo. Había organizado ubicaciones visuales para que pudieran vigilar el mundo. Hefestos acordó mantener abierto el nexo, para que los dioses pudieran moverse hacia y desde el mundo libremente, siempre que no hicieran nada para llamar la atención sobre sí mismos. Esta era la única forma en que Zeus habría permitido el éxodo.

Necesitaba poder llegar a la Tierra.

Hércules no había regresado. Durante toda la prueba, Zeus había esperado que su hijo lo hiciera. Había estado esperando que su campeón viniera y trajera la victoria a los dioses del Olimpo. Quizás Ares tenía razón; quizás habían estado en guerra. Si fuera cierto, Hércules habría sido invaluable para sus filas. Indudablemente habrían tenido éxito si él hubiera estado liderando la carga.

Seguramente no estaba muerto. Zeus lo habría sabido si uno de sus hijos hubiera muerto. Siendo ese el caso, Zeus se preguntó dónde estaba. Para que él no haya regresado en su momento de necesidad, debe haber estado distraído por algo importante. Quizás su enemigo lo había secuestrado y estaba cautivo en este momento. Quizás estaba siendo torturado para obtener información, o quizás su enemigo había tenido la intención de usarlo como palanca sobre los olímpicos. Existía la posibilidad de que los hubiera estado defendiendo todo el tiempo, sin que los olímpicos lo supieran, y por eso sus bajas habían sido tan escasas como antes. Tal vez se había visto envuelto en una batalla en otro lugar, defendiendo a aquellos que no podían defenderse. Hércules siempre había tenido debilidad por los torturados y oprimidos.

Quizás volvería. Quizás todavía sería su campeón.

Dondequiera que estuviera Hércules, Zeus sabía que estaba haciendo algo importante.

Cupido
¿Qué tiene que ver el amor con eso?
(Un cuento de Mitos)
Descargo de responsabilidad introductorio

Escribí esta historia como un regalo de San Valentín para las mujeres que apoyaron mi página web. En el «gran día» (en realidad, aproximadamente una semana después, ya que me tomó un poco más de tiempo escribir esto de lo que había planeado originalmente), les envié la historia a cada uno de ellos, junto con una nota mía, agradeciéndoles por su apoyo, y deseándoles a cada uno un Feliz Día de San Valentín. En ese momento, había alrededor de 80 destinatarios, 70 de los cuales conocía personalmente, y con ninguno de los cuales estaba involucrado románticamente.

El efecto positivo fue que cada una de las mujeres disfrutó de la historia y la mayoría me respondió para agradecerme. Lo negativo fue que aproximadamente la mitad de las mujeres pensaron que yo había escrito la historia, específicamente para ellas. Esto llevó a una serie de conversaciones incómodas, incluido un esposo enojado que no pensaba que la historia fuera tan linda como su esposa. En el futuro, si hago algo como esto nuevamente, la nota personal dirá algo como «No eres especial; Estoy haciendo esto para todos», o simplemente lo convertiré en un archivo descargable en el sitio web.

Dado que la mayoría de los dioses en Mitos usan sus nombres griegos, algunas personas me han preguntado por qué usé Cupido, siendo romano, en lugar de Eros. La respuesta corta es porque pensé que presentar a un Cupido bien vestido y fumador de puros era genial, y si lo hubieran llamado Eros, no habría tenido el mismo efecto. La respuesta más larga se explica en esta historia. Además, es muy divertido trabajar con Cupido y no sentí que apareciera lo suficiente en la historia principal. Desarrollar su carácter fue otra razón. En la línea de tiempo, ocurre un poco antes de la historia principal. Espero que lo disfruten.

—Jonny Capps

I

A principios de febrero nunca es un momento divertido en el noreste de Ohio, donde el sol aparentemente se toma unas vacaciones. La temperatura fluctúa entre veintiún grados por encima de cero y diez grados por debajo, a veces en una hora. Las vacaciones improvisadas se conocen como "días de nieve" que emocionan a los estudiantes, mientras que al mismo tiempo hacen que los trabajadores adultos añoren los días de la escuela secundaria llenos de acné y angustia de los adolescentes. Las condiciones de las carreteras se deterioran gravemente, pero los horarios ocupados se niegan a acomodar un mayor tiempo de viaje, lo que hace que los propietarios de las agendas ajusten su cronograma en consecuencia. Breves vislumbres de un cielo azul dan a los residentes la esperanza de que el infierno de febrero disminuirá, pero la idea pronto se ve frustrada por la caída de la nieve, que ocurre días, horas o minutos después. Febrero no es un buen momento para el noreste de Ohio, ni para la mayoría de sus residentes.

Afortunadamente, febrero es el mes más corto, aunque ciertamente no lo parece. A mediados de febrero, hay un determinado día que el individuo espera y teme: el Día de San Valentín.

San Valentín, la persona que dio nombre al día, literalmente no tenía nada que ver con el amor romántico. Probablemente nunca tuvo una pareja de ningún tipo, sino que era conocido por su caridad. Sin embargo, dado que la caridad es difícil de comercializar, ha llegado el día de representar el romance y la pasión. Siendo así, prácticamente las únicas personas que esperan febrero son los propietarios (y sus accionistas) de las tiendas de tarjetas de felicitación, dulces y especialidades. El Día de San Valentín se ha convertido en un día para que las parejas amorosas demuestren cuánto se aprecian el uno al otro con tarjetas, chocolates, ositos de peluche, joyas y otras muestras de afecto, mientras que los que no son socios se quedan mirando desesperadamente su lista de teléfonos. Números, en busca de otro individuo que pudiera pasar la noche con ellos. El Día de San Valentín es un momento maravilloso para que las parejas firmes afirmen su dedicación el uno por el otro, y para aquellos que puedan estar pasando por algún problema, para revivir su pasión. Es un momento dulce y romántico, hermoso y amoroso. Dado que el mismo San Valentín probablemente no desearía atribuirse el mérito de esto, la mayor parte del agradecimiento puede ir en cambio a ese querubín lindo y regordete, con su carcaj fantástico de flechas en forma de corazón y su pañal.

II

El hombre se paró frente a la tienda de tarjetas. Las ventanas se inundaron con imágenes del bebé con pañales y su arco, disparando corazones a los espectadores. En otras secciones de las ventanas, los efectos de sus flechas se sienten a través de corazones de papel perforados y otros símbolos de amor cliché igualmente anticuados. El hombre se quedó mirando la ventana en silencio, con el rostro abatido y sombrío.

"¿Qué diablos me han hecho?" murmuró para sí mismo.

El hombre no era impresionante a la vista, pero ciertamente no era poco atractivo. Medía casi 1.52m de altura; bajito, sí, pero no lo suficiente como para ser extraordinario. A primera vista, su rostro parecía joven, pero una mirada más cercana a sus ojos helados delataba un dolor de siglos de antigüedad. Mechones castaños oscuros de cabello descuidado le colgaban de los hombros, que estaban encorvados, dando la impresión de que era más bajo de lo que era. Llevaba una sencilla camiseta gris debajo de un blazer a rayas y un par de jeans. Un transeúnte casual nunca se habría fijado en él, no, nunca lo habría mirado dos veces.

Esa había sido la idea, por supuesto. Le resultaba difícil pasar desapercibido en torno al Día de San Valentín, sobre todo. Cuando llegó al centro comercial, solo había querido unos momentos para sí mismo para permitirse el auto desprecio y el resentimiento. Fue difícil para él integrarse, particularmente en este día, pero hasta este punto, lo había logrado. Sin embargo, mientras estaba ocupado mirando a la ventana con hosca frustración, no se dio cuenta de que no pasó tan desapercibido como había pensado.

"Has estado mirando esa tienda por un tiempo," dijo una voz femenina joven que estaba a su lado. "¿Estás tratando de decidir qué deberías comprar para tu San Valentín?"

"Mmm," resopló, tratando de ignorar la interrupción. "No".

La joven respiró hondo como abrazando la atmósfera. "Me encanta el Día de San Valentín," dijo efusivamente. "¿Y a ti?"

Finalmente, el hombre se volvió para ver al hablante. Era una mujer entrando a los veinte años de edad, si eso. Ella era incluso más baja que él, pero solo por una fracción. Su cabello anormalmente negro le colgaba justo debajo de las orejas y sus ojos castaños se asomaban por detrás de unas gafas de montura metálica. Llevaba una blusa a cuadros en blanco y negro, por encima de una falda negra demasiado corta. Medias negras cubrían sus piernas y, desde la mitad de la pantorrilla hacia abajo, sus pies estaban adornados con botas de cuero negro. Sus labios de color rojo oscuro le devolvieron la sonrisa mientras él olía el aroma del encanto fabricado que emanaba de ella. Era adorable, sí, pero parecía estar esforzándose demasiado para serlo aún más.

"Es una festividad que celebra la muerte de un mártir del siglo III con un falso romance y marketing masivo". El hombre se encogió de hombros. "¿Qué no se podría amar?"

"Oh, vamos," hizo un puchero la mujer. "No estés tan hastiado. ¿Tienes un San Valentín especial?"

El hombre volvió su atención al escaparate de la tienda, suspirando. "Según esta tienda," murmuró, apenas audible, "cada San Valentín me pertenece".

"¿Qué dijiste?"

"No importa," respondió el hombre, volviéndose hacia su compañera de conversación. "No, no tengo a nadie especial".

"Bueno, todavía queda un poco de tiempo". La mujer le sonrió cariñosamente. "¡Quizás encuentres a alguien!"

El Vio que el suave blanco de las mejillas de la mujer complementado de repente con un tinte rojo. Ella intentaba parecer distante, pero el brillo de sus ojos la traicionó. Tal vez realmente era hora de que él tuviera un San Valentín. Después de todo, no estaría de más intentarlo. Seguramente era mejor que estar solo.

"No suelo celebrar el Día de San Valentín," respondió él, luchando desesperadamente contra una sonrisa que se deslizaba por sus labios. "Quizás es hora de romper ese hábito".

La mujer se rió cuando la sonrisa finalmente rompió las defensas del hombre. "Soy Eve," le informó, extendiendo su mano.

El hombre aceptó su mano, se la llevó a los labios y la besó suavemente. "Es un placer, Eve," dijo. "Puedes llamarme... Erik".

Él sostuvo su mano por un momento más, mirando las luces

dentro de sus ojos bailar. Era todo lo que necesitaba para realzar su belleza.

"Sabes," una nueva voz interrumpió el momento con una ráfaga de desprecio ensayado, "es una pena lo que esta cultura le ha hecho a la imagen de Cupido".

El hombre que se hacía llamar Erik se volvió hacia el recién llegado con una frustración que reavivó rápidamente. "¿En realidad?" preguntó con frialdad.

"Sí". El intruso, con un jersey de tirantes y unos vaqueros dos tallas demasiado ajustados, asintió con la cabeza. "Mira eso: ¿un bebé volador en pañal? No era así como debía ser representado el dios del amor erótico".

"No me digas".

"Lo digo". El joven se pasó los dedos por el cabello despeinado y por el lado de la barba. "¿Sabes cuál era el nombre original de Cupido?"

Erik miró al intruso con apatía. "¿Cuál era el nombre original de Cupido?" preguntó con condescendencia.

"Su nombre era Eros," dijo el hombre, con la cabeza en alto, buscando pretenciosamente asegurarse de que su audiencia apreciara su conocimiento. "Era su nombre griego, su verdadero nombre".

Erik le devolvió la mirada al chico, nada impresionado.

"Cuando Roma conquistó Grecia," continuó el hombre, "le cambiaron el nombre a Cupido, para evitar confusión entre las dos naciones. Sin embargo, muchos historiadores justifican el motivo de la reverencia de Cupido como tributo a su título original".

"Roma no conquistó Grecia, ellos..." Erik se quedó paralizado cuando comprendió lo que acababa de decir.

"Cupido lleva un arco y... ¿Eros?"

"Lo sé, lo sé," se rió el hombre. "Suena poco convincente ahora. Lo que hay que recordar es que, en ese momento, los juegos de palabras eran el colmo de la sofisticación de la comedia".

"Mmm". Erik asintió. "Entonces, Cupido es un juego de palabras".

Comenzó a alejarse. No habría tenido sentido corregir la payasada, especialmente porque el hombre claramente solo había estado buscando una manera de comenzar una conversación con Eve. Erik no podía pensar en nada que quisiera más en ese momento que, una vez más, pasar desapercibido.

"Espera," le llamó Eve. "¡Pensé que eras mi Valentín!"

Continuó caminando, sin volverse.

"Bueno, eso fue ciertamente de mala educación," dijo el

chico, uniéndose a Eve en la vidriera y colocando su brazo sobre sus hombros. "Es una pena que las mentes inferiores se sientan intimidadas por un intelecto superior".

Eve miró al chico con frustración, intentando alejarse de su brazo. "Acabas de alejar a mi Valentine," refunfuñó.

"Oh, no lo necesitabas, cariño," el hombre se rió entre dientes y apretó su agarre sobre los hombros de Eve. "Seré tu Valentín. ¿No sabes que lo inteligente es lo nuevo sexy?"

Eve miró al chico, mientras se reía casualmente. Estaba impresionada por el hecho de que cuanto más miraba al hombre, menos atraída se sentía por él. Mientras intentaba acercarla más, ella lo empujó, agresivamente. "¡Suéltame, maldito!"

III

Su nombre no era Erik. Ese había sido simplemente el primer nombre que se le había ocurrido. De todos modos, estaba lo suficientemente cerca de su nombre real. Por otra parte, había pasado mucho tiempo desde que había usado su nombre original. Quizás debería empezar a hacer eso de nuevo.

Después de mirar el escaparate de la tienda y escuchar la estúpida perorata del chico de moda, incluso pensar en el nombre "Cupido" le dio ganas de ser un desgraciado. Por supuesto, considerándolo desde una luz diferente, las imágenes en la vidriera podrían haber sido consideradas un halago, de alguna manera insultante y demente. La mayoría de los otros dioses romanos habían sido relativamente olvidados, sus historias delegadas a la misma categoría general que "Blanca Nieves" y "Los Tres cerditos", pero considerablemente menos populares. Cupido seguía siendo un nombre familiar. Pocos conocían sus historias o su historia, pero todos sabían quién era. Por supuesto, todos también lo conocían como un bebé de dibujos animados con un lazo de juguete, que disparaba corazones de dibujos animados. Parecía un poco exagerado. Cuando Roma reemplazó a Grecia (ya que era realmente una progresión natural; "conquistado" era una palabra demasiado fuerte, especialmente considerando que los romanos originales en realidad eran griegos), simplemente habían adoptado el panteón griego, probablemente por pereza, para adaptarse a sus necesidades. Propias necesidades, y luego designó nuevos nombres para los dioses. Así, Ares se hizo conocido como Marte, Zeus como Júpiter, etc. La mayoría de los olímpicos se habían resistido al cambio, aferrándose a sus nombres griegos (ya que Grecia era más genial, de todos modos), pero Eros había elegido abrazar el nombre de Cupido.

El cambio fue inevitable. Aceptarlo parecía menos trabajo que resistencia. Además, le gustó el sonido; Cupido parecía un nombre más impresionable. A juzgar por el escaparate de la tienda, la evaluación no había sido incorrecta.

Quería fumar desesperadamente. Con cada paso, el cigarro Brickhouse dentro del bolsillo del pecho de su chaqueta lo tentaba. Brickhouse ciertamente no era su cigarro favorito. La falta de complejidad a veces lo hacía aburrido y un poco tedioso de terminar. Aún así, fue un humo consistentemente agradable y casual. En este momento, estaba un poco "deseoso". La interacción fuera de la tienda de tarjetas había dañado su calma. Lo habría sacado y encendido allí mismo, pero no quería arriesgarse con tanta gente a su alrededor. Normalmente, podía fumar en público, sin que lo notaran, pero de nuevo, la tienda de tarjetas lo había pillado desprevenido. Puede que haya sido una casualidad.

Eve había estado desesperada por un San Valentín. Se había desviado de su camino para notar a un hombre melancólico, parado afuera de una tienda de tarjetas, ya que eso habría llamado su atención. El tercero, demasiado seguro en su pomposo "conocimiento" de la mitología, había estado notando a Eva, solo viéndolo a través de la asociación. Metió la mano en el bolsillo y acarició el cigarro con nostalgia. Aún era mejor no arriesgarse.

A poca distancia de donde caminaba por el centro comercial, Erik notó a un hombre alto, delgado y bien vestido, de pie con un portapapeles. De vez en cuando, un desafortunado individuo se encontraba con su mirada. Luego él se les acercaba a ellos y les pedía que participaran en lo que sea que él promocionaba. La mayoría de las veces, la gente desviaba la mirada y lo ignoraba lo mejor que podía. De vez en cuando, una persona se detenía, lo escuchaba por un momento y luego se alejaba de nuevo. Erik casi sintió pena por el hombre. Estaba trabajando muy duro, tratando de hablar con la gente, y claramente no estaba llegando a ninguna parte. Puede haber sido por lástima, o tal vez porque necesitaba algo para distraerlo de las ganas de fumar, pero de cualquier manera, Erik decidió investigar qué estaba solicitando el hombre.

"Disculpe," dijo, acercándose al hombre.

El hombre asintió con la cabeza, apartándose de su camino.

"Perdóneme". Erik se reafirmó, acercándose al hombre.

El hombre lo miró con curiosidad. "¿Puedo ayudarlo?" tartamudeó.

"Me preguntaba qué es lo que está promocionando".

"¿Oh esto?" El hombre miró su portapapeles. "Es solo una encuesta que estamos realizando para promocionar un nuevo medicamento, que se dice que ayuda. ¿Quisiera realizar la encuesta?"

"Claro que sí," asintió Erik. "Parece que podría ser divertido".

"Lo es," lo animó el hombre con las cejas arqueadas. "¡Solo estamos promocionando este medicamento hoy, y solo en esta ubicación! ¡Te espera una experiencia real!"

"Bueno, eso suena emocionante". Erik rió. "Muéstrame el camino".

El hombre le indicó a Erik que lo siguiera por un largo pasillo, hacia la puerta de una oficina. Erik lo siguió feliz. ¡Fue una excelente distracción!

NOMBRE: Erik Smith

Género masculino

EDAD: 32

DIRECCIÓN: 222 B. Baker Street

NÚMERO DE RELACIONES ROMÁNTICAS EXITOSAS DURANTE LOS ÚLTIMOS 5 AÑOS: 0

CUANDO ENTRA EN UNA RELACIÓN, ESPERA QUE TENGA ÉXITO: No espero entrar en una relación, punto. Si viniera una, sería un shock, y dudo muy seriamente que dure más allá de conocer a mi familia.

¿QUÉ QUIERES MÁS EN UNA RELACIÓN? COMPATIBILIDAD MENTAL O FÍSICA: Realmente no hay una buena manera de responder a esta pregunta. Si digo "mental", asumirá que mis estándares son demasiado altos, y esa es la razón de mis relaciones fallidas. Si digo "físico", asumirá que soy superficial, y ese será su razonamiento para el mismo resultado. Si digo que estoy esperando encontrar una combinación de ambos, entonces asumirá que soy una causa perdida, viviendo en un mundo de sueños (o que quise decir físico, pero no quería ser considerado superficial). . Por lo tanto, solo voy a decir "mentalmente físico". ¡Sí, intenta definir eso!

DESPUÉS DE QUE TERMINA UNA RELACIÓN, ESPERA MANTENER LA AMISTAD: La mayoría de mis relaciones terminaron cuando ella murió. Espera, eso no suena bien. ¿Dónde está el borrador de este estúpido bolígrafo?

LAS FINANZAS SON COMPARTIDAS O INDIVIDUALES: Realmente no podría importarme menos. Quiero decir, tengo mucho dinero, realmente no necesito el de ella. De hecho, probablemente debería cobrar regalías en las tiendas de tarjetas de felicitación por usar mi imagen con tanta frecuencia. ¡Por supuesto, eso significaría que tendría que admitir que es mi imagen! No sé si realmente quiero hacer tal confesión. Además, si tuviera una relación, eso significaría que tendría que confesarle que en realidad soy quien soy. Mantengamos las finanzas individuales por ahora.

¿CON QUÉ FRECUENCIA DEBE OCURRIR UN ROMANCE PARA MANTENER UNA RELACIÓN FUERTE?: En la relación perfecta, el romance nunca debe terminar.

¿ALGUNA VEZ HAS ENGAÑADO / SIDO ENGAÑADO EN UNA RELACIÓN?: ¡¡¡SÍ!!!

¿CUÁL ES TU IDEA DE UNA CITA PERFECTA? Una en la que ni siquiera tiene que verme para saber que estoy allí. Ella simplemente sentirá mi toque y sabrá que está a salvo conmigo. Puedo compartirme con ella y ella conmigo, y nuestros ojos ni siquiera tienen que encontrarse. Estaríamos satisfechos el uno con el otro, más allá de la línea de visión, fusionando nuestros corazones y nuestras mentes en un nivel que trasciende la estimulación visual.

CUÁNTO TIEMPO DEBERÍA DURAR UNA RELACIÓN ANTES DE LA PROPUESTA: ... lo siento, acabo de ver mi vida pasar ante mis ojos...

IV

Caminando desde la sala de pruebas hasta la recepción, Erik entregó su encuesta completa (cinco páginas de preguntas sobre relaciones con muy poca rima o razón en las preguntas formuladas) a la recepcionista desinteresada. Sin mirarlo, aceptó los resultados, indicándole que se sentara en la sala de espera con los demás encuestados para esperar su pago. Había otros tres hombres y dos mujeres, cada uno con diferentes grados de emoción en sus rostros. Un hombre (1.88 metros, con cabello oscuro, pecho ancho y brazos musculosos) parecía ansioso, como si los resultados de esta prueba le dijeran si debía unirse o no a un capítulo local de monjes. Una mujer (1.56 metros, cabello rubio, ojos azules, con una constitución levemente gruesa) se veía confiada, como si nada de lo que la prueba pudiera decirle afectaría su vida amorosa en cualquier forma o estilo, y aún podría salir con cualquier hombre que eligiera. Erik se sentó en una silla vacía, sonrió a los demás ocupantes de la habitación y tomó una revista de hace seis meses.

Los artículos no le interesaban, pero necesitaba algo para distraerse de los rostros de los demás en la habitación.

Después de esperar unos veinte minutos y ver a los ocupantes de la habitación cambiar a dos mujeres y un hombre, sin incluirse a sí mismo, lo llamaron por su nombre. Decidió dejar que el misterio de la eterna juventud de Will Smith permaneciera sin investigar, dejó la revista y se dirigió a la recepción, donde la recepcionista le ofreció una sonrisa robótica. Colocada en el mostrador había una pequeña botella violeta, etiquetada como "*Elixir leAmore*", directamente encima del descargo de responsabilidad "MUESTRA". Erik hizo todo lo posible por contener su curioso cinismo mientras se acercaba al mostrador y le devolvía la sonrisa robótica apática.

"Gracias por tomarse el tiempo de completar nuestra encuesta," dijo la recepcionista con toda la sinceridad de una tarjeta de Navidad con dos meses de retraso. "Tu participación es altamente apreciada. Los resultados de su prueba indican que podría beneficiarse enormemente del uso de nuestro nuevo producto".

Erik señaló la botella en el mostrador. "¿Esta cosa?"

"Sí," confirmó la recepcionista. "Después de usar esta muestra gratuita, debe tener suficiente información para tomar una determinación precisa sobre si..."

Erik tomó la botella y la estudió. "¿Qué se supone que debe hacer?" preguntó.

"Nuestros estudios han demostrado que, mediante el uso de este producto," continuó la recepcionista sin pausa, "las personas han podido establecer relaciones más sólidas, más comprometidas, junto con una más satisfactoria..."

"¿Todo eso, de esto?" Erik abrió la botella, olió el contenido e inhaló profundamente.

Le llegó un aroma afrutado. Desde las profundidades de la botella, podía oler el encanto, como si fuera una presencia. Era una mezcla de feromonas, estimulantes y otros ingredientes, diseñada para engañar a la mente haciéndole creer que estaba encontrando, o que había encontrado, el amor. La concentración de los ingredientes no fue lo suficientemente fuerte como para producir un resultado duradero. Incluso con una exposición prolongada, el resultado sería solo temporal y solo produciría resultados en el receptor. No había nada en la botella que hiciera más deseable al receptor, aparte de quizás una versión placebo de la confianza, y ciertamente no los ayudaría en el desarrollo de la relación. Había un ingrediente destacado que Erik no pudo identificar. Olía algo como una mezcla química de lilas y formaldehído, envuelto detrás de un olor extraño que Eric no pudo identificar con exactitud. Al mirar la lista provista en la botella, estaba familiarizado con cada uno, lo que sugiere que el ingrediente no figura en la lista. Esta faceta sigue siendo un misterio. Sin embargo, poco importaba; su análisis se mantuvo.

Cerró la botella y la volvió a dejar sobre la encimera. "Esto no va a funcionar," declaró.

"En realidad," respondió la recepcionista, "los principales científicos en los campos de la biología y la psicología han estado involucrados en el desarrollo de este producto. Su extensa investigación ha demostrado que..."

"No me importa si el maldito dios de la ciencia hirvió esto en su propio laboratorio privado". Erik hizo todo lo posible por contener sus emociones, mientras que al mismo tiempo recordaba respirar. "Si digo que no va a funcionar, ¡puedes confiar en mí!"

La expresión de la recepcionista cambió, demostrando que, de hecho, no era un dron automático. Erik reprimió una sonrisa ante este descubrimiento, sabiendo que su humor no habría sido apreciado. La expresión de su rostro se transformó en una de frío desprecio.

"Te das cuenta," insistió, su voz con todo el calor de un congelador, "que los mejores biólogos y psicólogos, expertos en desarrollo humano y terapia sexual, han estado muy involucrados en el desarrollo de este producto".

Erik asintió. "Usted lo ha dicho tanto, sí".

"Está sugiriendo que está mucho más calificado que cualquiera de esos profesionales que, con una pizca del producto, puede devaluar suficientemente toda su investigación. ¿Quién crees que eres?"

"Tengo más calificaciones de las que pueden esperar". Erik se enderezó y echó los hombros hacia atrás. "Yo soy Eros".

Como regla general, a los olímpicos no se les permitía identificarse como mortales. Hizo las cosas demasiado complicadas. Eros no había tenido la intención de declarar su identidad con tanta ligereza, pero su orgullo de que sus credenciales fueran cuestionadas lo había vencido. Por lo general, pasaba por Cupido, pero la imagen del bebé flotando todavía le dejaba un sabor enfermizo en la boca. Eros parecía un nombre más fuerte en este momento. A juzgar por la mirada indiferente de la recepcionista, el nombre no tuvo el impacto que había anticipado.

"¿Qué diablos se supone que significa eso?" preguntó, dejando caer lo último de su fachada profesional. "Soy Melody. ¿Eso también me convierte en una experta?"

"No, tú no entiendes". El hombre antes conocido como Erik se apresuró a recuperar el equilibrio. "Soy Eros, el hijo de Afrodita, el dios de..."

Mientras hablaba, se le vino a la cabeza la ridícula noción de que en realidad era un dios griego de la mitología, historias relegadas hacía mucho tiempo a la categoría de folclore. Ella nunca creería que él era en realidad Eros (por más razones que Melody sin tener idea de quién era Eros). Lo más probable es que asumiera que estaba loco. Eros abandonó rápidamente la afirmación.

"Olvídalo". Él suspiró. "No importa, de todos modos".

"Gracias por participar en nuestra prueba," volvió el tono robótico de Melody. "Lamento que nuestro producto no le haya sido útil. Buena suerte con tus futuras relaciones y feliz San Valentín. Que tenga un buen día, señor".

El argumento fue inútil. Incluso si hubiera podido convencerla de que la droga era inútil en la construcción de relaciones saludables, ella no habría tenido más remedio que seguir repartiendo las muestras. A ella le pagaban por hacer eso. Cuando Eros salió de la sala de pruebas, su mano volvió al bolsillo de su chaqueta. El impulso de fumar el puro dentro de su bolsillo regresó con renovada fuerza.

V

La antigua Grecia fue la primera cultura en asociar el corazón con las emociones. Otras culturas habían utilizado los riñones, el hígado o incluso los intestinos. Eros trató de imaginar cómo habría progresado la industria de la música sin la asociación del corazón emocional. "Eclipse Total de los Intestinos" no parecía tener la misma licencia poética. Términos como "me rompiste los riñones"... "mi hígado se derrite"... o "pones tus intestinos en él" también parecían menos apropiados. El corazón era una elección lógica para el asiento de las emociones, especialmente considerando el efecto que tenían en el órgano. Aunque, el corazón es solo un músculo. Sirve como una bomba, suministrando sangre al cuerpo y no tiene la capacidad de traducir las emociones. Eso ocurre en el cerebro, específicamente en la amígdala. Era el cerebro el que le decía al corazón que latiera más rápido, en respuesta a la estimulación, la excitación o la atracción. El cerebro recibió la droga, la oxitocina, que hizo que las personas creyeran que se estaban enamorando. Lamentablemente, el amor no tuvo absolutamente nada que ver con eso, ya que se trataba simplemente del intercambio de sustancias químicas. Para que el amor, el amor verdadero, sea real y duradero, necesitaba ir más allá del latido acelerado. Hizo falta un esfuerzo para hacer la transición de la memoria a corto plazo a la memoria a largo plazo. Para que el amor valiera la pena, era necesario trabajar duro en ello, comprometiéndose con su pareja, sacrificándose por completo. Acelerar los latidos del corazón fue un desafío muy pequeño. En un mundo que sobrevivía con hamburguesas con queso de 99 centavos, descargas más rápidas y mensajes de texto, parecía lógico que esto se aceptara como amor.

VI

Después de salir de la sala de pruebas, Eros se apresuró hacia una salida. Trató de no tomarse el insulto muy en serio. Después de todo, la recepcionista no tenía idea de quién era en realidad. Probablemente no le habría importado, incluso si lo hiciera. Ella solo estaba haciendo su trabajo, defendiendo un producto por el que le pagaban por promover. Su insistencia en que él no solo era un experto en el campo sino que estaba más calificado en el campo que nadie, había caído en oídos sordos, como lógicamente debería haberlo hecho. Aun así, no pudo evitar la sensación de que este producto menospreciaba todo lo que representaba. La idea de que esta droga conduciría a relaciones más fuertes y estables era una broma, especialmente considerando que no funcionaría.

Comenzó a sentirse cada vez más como un drogadicto mientras aceleraba hacia la puerta. Su necesidad de fumar se estaba intensificando y necesitaba una dosis. Los cigarros técnicamente no eran físicamente adictivos, pero la enloquecedora burla del palo en su bolsillo, que podía sentir con cada paso que daba, parecía estar cuestionando la teoría en este momento. Estaba a unos metros de la puerta cuando se quedó paralizado y se volvió. Si su deseo de fumar hubiera sido menos intenso, probablemente habría notado la anomalía antes. Si no hubiera sido por el olor, probablemente lo habría pasado por completo. Frunciendo el ceño, comenzó a escanear el área en busca de la fuente. Después de un breve escrutinio, lo vio: una joven afroamericana, aferrada con fuerza a un hombre corpulento y de mediana edad.

Obviamente, los dos eran una pareja. La forma desesperada en que se aferraron el uno al otro como si intentaran transmitir la autenticidad de sus sentimientos recién desarrollados demostró la novedad de su relación. La mujer miró apasionadamente al hombre, sus ojos gritaban que podía mover montañas con solo el poder de su amor por ella. El hombre abrazó a la mujer con fuerza, protegiéndola galantemente de cualquier peligro que pudiera amenazarla. Claramente eran una pareja nueva, pero su pasión parecía genuina.

Ciertamente se habían visto parejas más extrañas. Nadie hubiera mirado siquiera dos veces. Es probable que el propio Eros no se hubiera molestado si no hubiera sido por el olor. Flotando de los dos, como una nube de toxina invisible, era el olor distintivo de la droga.

Maldita sea, Eros maldijo en silencio. ¡Tenía muchas ganas de fumar! Aun así, tenía prioridades.

"Perdóneme". Eros hizo una señal para llamar la atención de la pareja y se acercó a ellos rápidamente. Los dos lo saludaron con brillantes sonrisas.

"Oh, hola," la mujer le devolvió el saludo con indiferencia.

"Si Hola". Eros asintió abruptamente. "Pregunta rápida: ¿ustedes dos participaron en esa encuesta de relaciones que están llevando a cabo en este momento?"

"Si la hicimos," confirmó la mujer, mirando a su pareja con estrellas en los ojos.

"Gracias a Dios," suspiró el hombre, mirándola.

"Salvó nuestra relación," se desmayó la mujer.

Eros frunció el ceño mientras examinaba a la pareja. "Entonces," continuó, "¿ustedes dos tuvieron una relación antes de hoy, entonces?"

"Siempre hemos tenido una relación," dijo el hombre, sin dejar de mirar a la mujer en una neblina de ensueño.

"Estaba escrito en las estrellas," respondió ella, con luces bailando en sus ojos.

Eros frunció el ceño a los dos con una mezcla de confusión y disgusto. "¿Qué está pasando con estos dos?" murmuró para sí mismo. "¿Cuánto tiempo han estado saliendo realmente los dos?" le preguntó a la chica, tratando de que la pregunta no sonara demasiado como un ataque.

La mujer suspiró apasionadamente, sin apartar la mirada de su pareja. "El tiempo no tiene sentido mientras estoy con él. Podría pasar siglos envuelto en sus brazos".

Eros miró a la pareja por un momento. Se sintió mal por cuestionar la autenticidad de sus sentimientos. Parecía tan enamorados el uno del otro. ¡Podría ser real! Ciertamente parecían apasionados por la relación. Aun así, algo estaba sucediendo que no le sentaba bien.

Probando una corazonada, se volvió hacia el hombre. "¿Cuál es tu nombre?" preguntó, casualmente.

"Mi nombre es Yanick," dijo el hombre, sin apartar la mirada de su compañera.

"Está bien". Eros asintió. "¿Cuál es el de ella?"

El hombre hizo una pausa y, por una milésima de segundo, Eros pensó que veía la cordura arrastrándose detrás de la nube del enamoramiento. Sin embargo, al momento siguiente se desvanecieron esas esperanzas, cuando el hombre respondió.

"No necesito su nombre". El hombre suspiró. "Solo necesito su amor".

"Cielos". La mujer rió y se sonrojó. "Y solo necesito tus manos, sosteniéndome con fuerza".

"Solo necesito tu imagen, mantenida a salvo dentro de mi mente".

"Solo necesito tus labios, presionados contra los míos, dándome aliento".

"Solo necesito..."

"¡Está bien, detente!" Eros lloró desesperado antes de que sus oídos comenzaran a sangrar. Algunos otros clientes, incluida al menos una pareja enamorada de manera similar, se detuvieron para ver la interacción. Eros rápidamente se dio cuenta de que se estaba enemistando con él mismo, rompiendo su ilusión, pero no pudo soportar más.

"Esto no es amor," continuó su perorata. "¡Ustedes dos nunca se habían conocido antes! ¡Ni siquiera sabéis los nombres de los demás!"

"Su nombre es Hero," dijo la mujer, con toda su atención dedicada al hombre, "porque me ha rescatado de una vida de dolor y amor no correspondido".

"Su nombre es Yanick". Eros alzó las manos al aire con frustración. "¡Lo acaba de decir!"

"Su nombre es Bella," dijo el hombre, sonriendo a su compañera, "porque eso es todo lo que veo, mirándola".

"¡Ustedes dos son absolutamente repugnantes!" Eros gritó, ya no le importaba el tacto social.

La mujer se volvió hacia él y, por primera vez desde que los conoció, Eros vio una emoción diferente: era similar a la de una madre lobo, defendiendo a sus cachorros. "No nos odies por lo que tenemos," dijo, mirándolo con furia. "Simplemente porque nadie te ama, eso no es motivo para estar celoso de aquellos que han encontrado el amor verdadero".

Respirando profundamente, Eros encontró su centro una vez más. "Me disculpo por arremeter," dijo, resistiendo el impulso de dar un paso atrás, a la defensiva, "pero ustedes dos no están enamorados. Lo que sientes es solo un placebo que capitaliza tu necesidad interna de compañía, los efectos ambientales de las vacaciones y la falsa confianza que crea el elixir. No es cierto, carece de fundamento y lo que sientes no durará más allá de los efectos del ambiente inducido por las drogas".

"¿Es eso así?" el hombre se burló, mientras cuadraba los hombros, posicionándose agresivamente como si se preparara para golpear a Eros.

"Lamentablemente, lo es," respondió Eros. Si iba a ser golpeado, entonces no había nada que pudiera hacer para evitarlo. No comprometería lo que era el amor y no dejaría de defender su verdad, simplemente para evitar un ataque.

"¡Si este sentimiento es falso, entonces renuncio a la realidad!" declaró el hombre. "¡Me he enamorado de la belleza de esta mujer, y los sueños dentro de sus ojos son los que deseo compartir! Amo a esta mujer, profunda y apasionadamente, ¡y declaro que ahora siempre lo haré!"

El hombre se volvió hacia la mujer y se arrodilló.

"Oh! No puedo creerlo". Eros suspiró, aliviado de que, por el momento, hubiera evitado la confrontación física.

"Mi queridísima," comenzó la propuesta del hombre, mientras tomaba la mano de la mujer. "Me he pasado la vida buscando a una mujer como tú y el amor que ella me mostraría. Ahora que he encontrado a ambos, dentro de tu alma, nunca quiero estar separado de ti".

"Oh, he esperado este momento, lo que parece una eternidad". La mujer jadeó.

"¿Querida?"

"¿Si mi amor?"

"¿Quieres casarte conmigo?"

"¡Sí! ¡Sí! ¡Mil veces, sí!"

La multitud de espectadores aplaudió cuando el hombre se puso de pie, tomó a la mujer en sus brazos y la besó profundamente.

"¡No los anime!" Eros protestó. Los vítores, sin embargo, ahogaron el sonido de su voz.

"¿Me amas lo suficiente como para hacer algo tan romántico como eso?" le preguntó la mitad femenina de otra pareja borracha de amor a su pareja.

Eros dirigió su atención a la segunda pareja y, para su asombro horror, vio cómo se desarrollaba toda la escena una vez más. El resultado fue más vítores, más aplausos y más locura por parte de la multitud que lo aprobaba. Al escanear a los espectadores, Eros no vio ninguna otra pareja. Sin embargo, notó que el hedor del elixir se estaba volviendo abrumador. Al menos el treinta por ciento de ellos, excluyendo a las dos parejas recién comprometidas, estaban bajo sus efectos. Eso podría explicar el apoyo incondicional que mostraron a las decisiones impulsivas. Eros dio un paso atrás y observó cómo los dos machos se acercaban y se abrazaban fraternalmente.

"Bueno," se rió Yanick. "Supongo que tenemos que encontrar los anillos de nuestras prometidas, ¿eh?"

"Sí," se rió el otro. "Creo que en la Galería de Scotty, el joyero cerca de la feria de comidas, tiene un descuento del veinticinco por ciento en anillos de compromiso hoy".

"¿En realidad?" El rostro de Yanick se iluminó. "Vaya, ¿qué tan perfecto es eso?"

"¡No podríamos haber planeado esto mejor si lo hubiéramos intentado!" El otro hombre estaba igualmente emocionado.

"¡Vamos, hombre, vámonos!"

Tomando las manos de sus respectivas compañeras, los dos hombres se dirigieron hacia el joyero. Los espectadores comenzaron a dispersarse, volviendo a sus compras.

"Perdóneme". Eros detuvo a uno de los hombres no drogados. "¿Qué joyero está promocionando la venta?"

Nada de esto estaba bien, y Eros estaba empezando a descubrir quién estaba detrás de todo.

VII

Irrumpiendo a través de la puerta de la sala de pruebas, Eros se giró hacia el escritorio de la recepcionista. Todavía había dos personas sentadas en la sala de espera, pero ese no era su problema. Esperó hasta que el hombre que tenía delante aceptara la botella de veneno como pago por la encuesta y se alejó antes de acercarse al mostrador. Melody todavía estaba detrás de eso. Al verlo, se burló cruelmente.

"Bueno, si no es el Poderoso Rastreador," se burló. "¿Qué pasa ahora? ¿Ha olido el mercurio que nuestros bolígrafos se están filtrando a las manos de nuestros clientes?"

"Necesito un..." Eros hizo una pausa y miró a Melody con el ceño fruncido. "¿Cuánto tiempo llevas trabajando en esa línea?"

Melody le devolvió la mirada con frialdad. "No necesito escribir mis insultos," se burló.

"Bueno, tal vez deberías," respondió Eros. "El mercurio no tiene olor. Mire, he reconsiderado su producto propuesto y descubrí que mi evaluación original pudo haber sido demasiado apresurada. Si la oferta aún está abierta, creo que me gustaría probar la muestra".

"¿Ah, de verdad?" El rostro de Melody se iluminó con una amplia sonrisa. "¿Hemos conocido a alguien especial?"

Eros parpadeó. "¿Conocer a alguien? ¿Por qué necesitaría el...?"

Recordando lo que se suponía que debía hacer la droga, Eros se cortó rápidamente. "¡Oh!" se recuperó tan elegantemente como pudo. "¡Sí, he conocido a alguien! ¡Es demasiado hermosa y nuestra relación es demasiado importante para dejar nada al azar! Necesito tu droga para hacer... ¡para crear amor! El amor debe ser real y auténtico, y esta droga es la única forma de asegurarlo".

"Oh, eso es dulce". Melody esbozó una sonrisa autocomplaciente y condescendiente. "Desafortunadamente, nuestro período de prueba gratuito acaba de finalizar y ya se han distribuido todas nuestras muestras gratuitas. Solo tendrás que usar tu encanto y personalidad para ganarte su corazón, lo cual no debería ser difícil para ti, siendo el experto que eres. ¡Solo huélala! ¡Después de eso, estoy seguro de que sabrás exactamente qué decir para conquistarla!"

Eros optó por no mencionar que podía ver a las personas en la sala de espera, con la misma encuesta que había realizado recientemente. Decidió no decir que podía oler el resplandor químico de la droga en el chico detrás del cual había estado en la fila. Ni siquiera acercó la caja, llena de muestras sin usar, que podía ver claramente detrás del mostrador.

En cambio, buscó en su bolsillo trasero y sacó su billetera.

"¿Cuánto quieres?" preguntó, hojeando un fajo de billetes.

"No es una cuestión de dinero". Melody negó con la cabeza. "La prueba ha terminado".

"Entonces, ¿cincuenta dólares?"

"El período de prueba ha terminado, señor".

"¿Estarías dispuesto a reiniciarlo por cien?"

Melody hizo una pausa por un momento, y Eros vio que la consideración se estaba gestando en sus ojos, pero luego negó con la cabeza. "Lo siento, señor," dijo. "No hay nada que pueda hacer".

Era raro encontrar a alguien a quien no pudiera comprar. ¡Esta mujer era intensa! Debe haberla ofendido mucho con su anterior desaprobación del producto. Aún así, necesitaba poner sus manos en una de esas botellas. Deslizando su billetera nuevamente en su bolsillo, decidió un enfoque diferente. Dañaría su orgullo, pero después del desafortunado incidente fuera de la tienda de tarjetas, Eros no imaginaba que le quedara ningún orgullo, de todos modos. Tomando una respiración profunda, cerró los ojos para forzarse a sí mismo en la mentalidad. Exhaló y abrió los ojos una vez más, se inclinó y miró a la recepcionista suplicante.

"Por favor," suplicó. "Lamento las cosas que dije antes sobre la fórmula. Las dije apresuradamente y sin pensarlo. Desde entonces he visto el efecto del elixir en la práctica y he cambiado de opinión. He conocido a alguien, sí. Ella es hermosa y no la merezco. Sin embargo, no puedo sacarla de mi mente y ella me dice que siente lo mismo por mí. Ella es demasiado importante para mí y no quiero que esta relación se deje al azar. Necesito la fórmula para asegurar la autenticidad de nuestros sentimientos mutuos".

Eros resistió una sonrisa de suficiencia cuando su nueva técnica tuvo el efecto deseado.

La conducta fría y conducida de Melody estaba comenzando a suavizarse. "Esta chica realmente significa mucho para ti, ¿no es así?" le preguntó ella con simpatía.

Escaneando su cerebro en busca de un comentario descriptivo apropiado, Eros dijo lo primero que se le ocurrió: "Ella interpreta El lago de los cisnes en la pista de baile de mi mente".

La reacción instantánea de Eros fue atragantarse con el exceso de moho en el queso de esa línea. Si hubiera tenido más tiempo, ¡ciertamente se le habría ocurrido algo mejor! ¿Lago de los cisnes? ¡Él era el dios del amor! ¡Al menos debería haber ideado algo un poco mejor que eso! Casi se retracta de su declaración cuando una mirada a los ojos romantizados de Melody le dijo que no se molestara.

"Eso es hermoso," Melody se desvaneció. "¡Me encanta el lago de los cisnes! Ojalá mi novio pudiera apreciar el ballet clásico como tú".

"Espero que tu novio sienta tanta pasión por ti como yo por ella," continuó Eros, sonriendo soñadoramente, poniéndolo cada vez más grueso. ¡Estaba honestamente sorprendido de que esta jovencita supiera lo que era el lago de los cisnes! La recepcionista lo miró, como si fuera un príncipe azul, luchando contra dragones que lanzaban fuego para rescatar a su verdadero amor de un matrimonio nefasto. Sus ojos nunca dejaron los de él cuando metió la mano en la caja detrás del mostrador y sacó dos botellas de muestra. Ella sonrió suavemente mientras le entregaba la toxina.

"La fórmula funcionará mejor si ambos toman la muestra," dijo, guiñándole un ojo. "Lamento mi juicio original sobre ti. Ahora veo cuán real eres y cuán apasionadamente te preocupas por esta afortunada mujer. ¡Buena suerte! Creo que ustedes dos serán felices juntos, tengo una forma de saber estas cosas".

Eros sonrió mientras aceptaba las botellas. "Feliz día de San Valentín," le deseó, con ojos agradecidos y un ligero rubor.

Melody sonrió mientras lo veía irse. ¡Apenas podía creer lo equivocada que había estado con él! Después de todo, era natural ser escéptico con respecto a un nuevo producto. Con este segundo encuentro, ella podría diagnosticarlo mejor. Fue tan romántico, la forma en que comparó a su enamorado con su bailarina privada, bailando en su mente. ¡Qué cariño! Casi estaba celosa del objeto de su afecto. Ella era una mujer afortunada. Los hombres como él eran raros.

Eros esperó hasta que hubo doblado la esquina y estuvo fuera de la vista del centro de pruebas para tirar la segunda muestra a la basura. Solo necesitaba uno para probar.

VIII

Eros caminó rápidamente hacia el baño de hombres. Ninguno de los otros hombres lo notó ni a él ni a la droga en el bolsillo de su chaqueta. Nadie hace contacto visual en el baño de hombres. Era una zona sagrada donde los hombres venían, presentaban sus ofrendas, se purificaban con agua "bendita" y se iban. Se desalentó la interacción social. Eso facilitó el trabajo de Eros.

Al entrar en un cubículo desocupado, Eros cerró y trancó la puerta con llave. Sacando la botella de muestra de su chaqueta, la abrió con cuidado, como si manipulara material peligroso. El olor distintivo lo invadió y casi le provocó arcadas. Tomando una respiración profunda, se llevó la botella a los labios, permitiendo que una sola gota cayera sobre su lengua.

El sabor reflejaba el olor: afrutado, suave y químico. Agitando el líquido en su boca, Eros comenzó su análisis. Como había sospechado, inmediatamente identificó fácilmente todos los ingredientes enumerados. Los primarios estaban en la parte superior, los que se usaban para promover la ilusión del amor. Incluían las cosas típicas que se usan en muchas fórmulas para estimular los receptores de oxitocina y los promotores de testosterona en un grado simple. Como era de esperar, hubo mucho más de esto de lo que se necesitaba. Gran parte del efecto de la droga parecía deberse al efecto placebo, tal como había sospechado. Debajo estaba el saborizante artificial, que era agradable y sabroso. La empresa que promociona la toxina se ha esforzado por asegurarse de que los destinatarios disfruten del sabor de su fórmula. No había nada abiertamente manipulador o engañoso en la fórmula, al menos nada más de lo habitual, a través del análisis inicial. Escupiendo el contenido de su boca en el inodoro, Eros probó con cuidado otra gota. Tras un análisis más detallado, localizó el ingrediente no identificado.

A través de sus interacciones en la Tierra, se había dado cuenta de las bebidas energéticas. Por lo general, evitaba el consumo, ya que realmente no los requería. Su cuerpo producía suficiente energía para seguir adelante, naturalmente. Las bebidas se promovieron principalmente a los adictos a la energía, principalmente adolescentes y adultos jóvenes, que pensaban que tener más energía los haría más divertidos. Los estudiantes universitarios también consumían mucho, creyendo que las bebidas les otorgarían superpoderes, lo que les permitiría permanecer despiertos a través de una conferencia con un profesor particularmente monótono o permanecer despiertos más tiempo para estudiar durante los parciales. Las bebidas eran bastante efectivas, al parecer, y había un gran mercado para ellas.

Eros había sucumbido a la tentación una vez y compró una bebida energética. Había producido la explosión de energía prometida, por supuesto, pero el efecto carecía de autenticidad. Engañaba al cuerpo haciéndole creer que tenía más energía de la que realmente estaba presente, y una vez que los químicos se abrieron camino a través de su cuerpo, dejó un gran déficit que necesitaba ser llenado. Dado que el cuerpo había estado trabajando con la pseudoenergía que le había proporcionado la bebida, creyendo que poseía más energía de la que realmente tenía, el resultado fue una sensación de cansancio aún mayor, con una necesidad inmediata de más energía. Este objetivo, por supuesto, se alcanzó a través de una bebida energética adicional, facilitada por el hecho de que se podían comprar las bebidas en paquetes de seis o incluso doce.

Mientras Eros hacía girar el "néctar del amor" en su boca, rápidamente se dio cuenta de lo que estaba pasando. Inclinándose sobre el inodoro, Eros escupió violentamente, asegurándose de quitarse el sabor del líquido de la boca. Echando el resto de la fórmula en el recipiente, observó cómo la función de descarga automática hacía girar la toxina en las tuberías debajo de ella. Corriendo desde el cubículo hasta el lavabo, Eros se enjuagó la boca tres o cuatro veces, solo para asegurarse de que estaba fuera. Al salir del baño de hombres, supo exactamente adónde tenía que ir.

Esta droga, mezclada con los promotores de oxitocina/testosterona, explicó el efecto que había estado viendo. La fórmula era una bebida energética, pero en lugar de promover la pseudoenergía, proporcionaba pseudo-amor.

IX

¡COMPRE EL SUEÑO!
¡25% DE DESCUENTO EN ANILLOS DE COMPROMISO!
¡¡SOLO POR HOY!!
¡DEJA DE ESPERAR! ¡EL TIEMPO ES AHORA!
No se aceptarán reembolsos ni cambios por compras realizadas a través de esta venta.

En un momento dado, había tres, tal vez cuatro clientes en una joyería La Galería de Scotty no era una tienda departamental, como Macy's o Sears, donde la gente podía encontrar prácticamente cualquier cosa que deseara. Apelaron a una clientela muy específica: aquellos que buscan comprar joyas. Actualmente, la tienda estaba llena a capacidad, con una fila de personas que esperaban afuera. Eros consideró la línea. Su teoría parecía tener más sentido.

La venta no estuvo fuera de lugar, considerando la temporada. El hecho de que la venta coincidiera directamente con la promoción de la "droga del amor" podría haber sido una mera coincidencia. Sin duda, ambas cosas parecían estar en el espíritu de la temporada. El hecho de que la tienda estuviera tan llena en este momento podría haber sido un accidente afortunado para la tienda. Sin embargo, Eros no estaba satisfecho, especialmente considerando lo que ahora sabía sobre la droga.

Eros estudió detenidamente el cartel de ventas. El anillo brillante y los fuertes colores primarios sin duda llamarían la atención. Ciertamente, una empresa que publicaba las estipulaciones de venta en letra más pequeña no era nada nuevo. Tenía sentido desde una perspectiva comercial: la venta alentaría la compra impulsiva y la empresa no quería lidiar con un posible remordimiento después de tomar decisiones mal pensadas. El hecho de que muy pocas de estas parejas recordaran siquiera el nombre de su pareja, y mucho menos se enamoraran de ellos después de que el efecto de la droga desapareciera, preocupaba muy poco a la empresa. Una vez más, podría haber sido una coincidencia o una estrategia comercial. Quizás el dueño de la compañía se enteró de las promociones de medicamentos y programó su venta para el mismo día, por la posibilidad de que algo saliera bien. A juzgar por la línea, si eso era real, había sido un golpe de genialidad.

"¡Mi bebé quiere este anillo!" La voz agravada de un cliente masculino llegó al pasillo donde estaba parado Eros. "¡Lo que mi bebé quiere, mi bebé lo recibe!"

"Señor, aprecio su situación," dijo la voz femenina de una empleada estresada. "Desafortunadamente, acabamos de vender lo último de ese modelo. Puedo, por supuesto, poner uno en espera para usted con un pequeño depósito, o si lo prefiere, me han autorizado a venderle este..."

"¡Inaceptable!" rugió el hombre, seguido de un so

nido de madera mientras golpeaba el mostrador con los puños.

"Este modelo tiene un descuento adicional del diez por ciento," la empleada completó su oferta con un profundo suspiro.

"¡Oh, en realidad me gusta más ese!" vino la voz emocionada de otra mujer, que seguramente era la compañera temporal del hombre.

"¡Lo llamaré!" dijo el empleado, alegremente.

Eros frunció el ceño mientras miraba dentro de la tienda. Los tres parecían encantados de que se completara la transacción, aunque el empleado probablemente estaba contento de deshacerse de ellos. Eros consideró acercarse a la pareja para preguntarles por qué se habían comprometido tan rápidamente, pero decidió no hacerlo. Obviamente estaban bajo el "hechizo de amor". El empleado podría haberles vendido un trozo de carbón en una banda chapada en oro, y se habrían sentido satisfechos con solo tener un anillo de compromiso.

La teoría de la "coincidencia" fue nuevamente cuestionada.

Eros se abrió paso a empujones hacia la tienda, entre clientes rabiosos que echaban espuma por la boca y le decían que hiciera fila. Los ignoró mientras avanzaba, esquivando artísticamente a los pocos que intentaron ponerlo físicamente en su lugar. A través de maniobras estratégicas y un sigilo ninja, Eros finalmente vio a un empleado, el mismo que había presenciado haciendo la venta. Afortunadamente para él, ella parecía haberse alejado del registro y actualmente estaba apoyada contra una pared, a punto de hiperventilar. En su estado agotado y desgastado, no lo notó hasta que él extendió la mano y le tocó el hombro.

Con su toque, ella giró, como un velociraptor a punto de atacar a su presa. "¿Puedo ayudarlo señor?" Ella chasqueó. Su tono era tan severo que bien pudo haber dicho: "Retroceda; ¡Estoy ocupada!"

Eros le sonrió genuinamente. "Buenas tardes, señora," dijo amablemente. "¿Cómo se encuentra hoy?"

La empleada, cuya etiqueta de nombre decía Lindsey, no estaba impresionada. "Estoy bien, señor," respondió con profesionalismo automatizado. "¿Hay algo en lo que pueda ayudarte?"

"Me gustaría hablar con el gerente si tuviera la amabilidad de decírselo".

"Señor, el gerente está muy ocupado en este momento". Lindsey puso los ojos vidriosos en blanco. "Si desea programar una cita, me complacerá..."

"Creo que preferiría hablar con él ahora mismo," afirmó Eros, la sonrisa desapareciendo de su rostro. "Sé lo que está haciendo su empresa".

"¿Qué sería eso, señor?" Lindsey le devolvió la mirada sin pestañear. "¿Vender joyas a precios realmente razonables? ¿Es eso ahora un crimen contra el consumismo?"

Eros miró profundamente los ojos estresados (aunque embriagadoramente azules) de Lindsey. "Sé lo de la droga," afirmó con frialdad.

Los ojos de Lindsey se enfocaron rápidamente cuando todos los signos de estrés desaparecieron de su rostro, reemplazados en su lugar por sorpresa y leve horror. "Un momento, señor", dijo. "Le haré saber que deseas hablar con él".

"Gracias," dijo Eros, volviendo una sonrisa. "¡Te lo agradecería!"

Lindsey asintió rápidamente antes de alejarse rápidamente de él. Eros observó con confianza cómo ella se retiraba a través de una puerta detrás del mostrador, que supuso que era la oficina. La respuesta fue casi instantánea. Ella regresó unos segundos después, indicándole que se acercara. Navegando hábilmente a través de la densa multitud, Eros caminó hacia la puerta. Sonrió para agradecer a Lindsey mientras pasaba por la entrada. Ahora, vino la parte complicada.

Eros entró en la habitación y se tomó un momento para asimilar el entorno. Art deco colgaba de las paredes de una habitación lujosa. El piso estaba cubierto con una alfombra de felpa, diferente a la del escaparate. Unos pocos sillones de gran tamaño estaban esparcidos alrededor. La música tranquila de jazz llenó el aire, junto con el leve zumbido de la mini-nevera que estaba en la esquina. Había un escritorio directamente frente a una gran ventana panorámica. Detrás del escritorio había un hombre con sobrepeso con una calvicie pronunciada. Le sonrió a Eros, de una manera amplia, casi como de payaso.

"Buenas tardes, señor," dijo el hombre con voz jovial. "¿Cuál parece ser el problema?"

"No tienes el anillo que estaba buscando," dijo Eros, casualmente, mientras se deslizaba en un asiento frente al escritorio.

"Oh, lamento oír eso," dijo el hombre con desdén. "Como estoy seguro de que puede ver, hemos tenido bastante demanda, particularmente hoy. ¿Podría darme las especificaciones del anillo deseado? Imagino que podríamos encontrar algo similar".

"Me gustaría el que puedo devolver mañana," respondió Eros, mirando con desprecio al hombre que aún sonreía. "Ya sabes después de que los efectos de la droga hayan desaparecido".

La sonrisa desapareció del rostro del hombre como la pasta de dientes que se escapa de la boca de un niño. Miró a Eros como un ladrón que acaba de activar la alarma de la casa. "No tengo idea de lo que estás hablando", mintió, incapaz de mirar a Eros a los ojos.

"¿En realidad?" Eros sonrió con arrogancia. "Me pregunto si la FDA sabría de lo que estaba hablando".

Eso fue un engaño. No tenía ninguna intención de exponerse a la FDA, especialmente con respecto a un hechizo de amor inducido por drogas. Eso sería demasiado arriesgado y le traería demasiada publicidad. Sin embargo, dudaba que las cosas tuvieran que llegar tan lejos.

El engaño pareció tener el efecto deseado. La cabeza del hombre se hundió con un suspiro.

"No hay necesidad de eso," dijo, levantando la cabeza de nuevo y extendiendo la mano. "Mi nombre es Bobby".

"Sé quién eres," dijo Eros con frialdad, ignorando la mano ofrecida de "Robert Mammon".

Bobby se sobresaltó.

"Su nombre está en la placa del escritorio". Eros puso los ojos en blanco.

"Oh, sí," se recompuso Bobby. "Sí, supongo que lo es. Buen... buen ojo, señor... lo siento, no entendí su nombre".

"Todavía no se lo he dado". Eros suspiró. "Puedes llamarme Eros".

Su vacilación para identificarse a sí mismo se había debilitado, cada vez que la gente no reconocía su nombre. Era cierto que solo se necesitaba una persona para identificarlo, lo que hizo que todo su disfraz fuera desbaratado, pero dudaba que Robert Mammon fuera esa persona.

"Un nombre, ¿eh?" Bobby se rió entre dientes. "Oye, si funciona para Adele, ¿por qué no puede funcionar para ti? Sin embargo, no había escuchado a Eros antes. ¿Qué significa?"

"Significa que no estás cambiando de tema," respondió Eros, intensificando su mirada. "Sé lo que estás haciendo con esta droga, convirtiendo a la gente en robots borrachos de amor. Esta droga convence a las personas de que se han enamorado profundamente, al instante. ¿Qué, de repente tenías un excedente en alianzas de boda? ¡Lo que estás haciendo es perverso! El amor no debe ser manipulado para que sirva a los suyos..."

Eros hizo una pausa para considerar la ironía de esa declaración, viniendo de él mismo. Daphne, Medea, incluso su propia Psique hasta cierto punto. ¿Cuántas veces había manipulado el amor para su propio beneficio? Esto puso en duda su motivación. Al principio, la droga lo había ofendido por motivos morales. Ahora comenzaba a preguntarse si estaba más ofendido porque estaban tratando de jugar su juego y, a juzgar por la respuesta, lo estaban logrando.

Eros metió la mano casualmente en su chaqueta, frotando

suavemente la punta de su cigarro olvidado hace mucho tiempo. No quería nada más que sacarlo y empezar a fumarlo ahora mismo.

"Literalmente, no hay forma de probar que nuestra empresa sea responsable de la distribución de ese medicamento". Bobby se hundió en su asiento, intentando recuperar la calma y el control de la situación. "Tu acusación es completamente infundada".

"¿Es eso un hecho?" Eros arqueó una ceja.

"Sí". Bobby asintió, encontrando su centro. "Y si continúa promoviendo calumnias falaces sobre nuestra empresa, tenemos los abogados más poderosos de Estados Unidos. Hacen una carrera aplastando pequeños insectos como tú. Estás completamente impotente y esta reunión ha terminado. Sal de mi oficina".

Eros examinó al hombre enojado sentado frente a él, señalando la puerta. Vio la imagen de un niño pequeño en un patio de recreo con el que nadie jugaría, el adolescente regordete que llevaba a su primo al baile de graduación. Estaba acostumbrado a que lo empujaran y lo dieran por sentado. Aquí, en este entorno, Bobby era el rey, y Eros era un ejército atacante que amenazaba con llevárselo todo. Esto no excusaba su comportamiento ni el producto que promocionaba su empresa, pero le otorgaba un poco de simpatía. Eros sabía que en el bolsillo del cigarro había una pequeña bolsa que contenía su "arma" ("Polvo L'Amour", lo bautizó mentalmente a regañadientes). Con la más mínima pizca de polvo, podría hacer que este hombre hiciera lo que quisiera. Algo en Bobby, este hombrecillo enojado y con la cara roja, lo hizo reconsiderar. Encontraría otra forma de lograr sus objetivos, o si no de otra forma, otro objetivo. Sin decir una palabra más, Eros se puso de pie y se volvió para irse.

"Señor Erress..." le gritó Bobby antes de llegar demasiado

lejos.

"Es Eros," lo corrigió Eros, tragándose su orgullo.

"Estas personas," continuó Bobby sin reconocer la corrección, "están encontrando el amor. Este es un amor que no hubieran sentido de otra manera, con el estimulante o sin él. Claro, puede ser temporal, y no admito ninguna asociación con el producto, ¡pero es real para ellos en este momento! ¿Por qué querrías quitárselo?"

"¡Porque el amor es real!" Eros se giró para mirarlo de nuevo, sorprendido por la pasión en sus propias palabras. "Es fuerte, es apasionado, y cuando es auténtico, ¡es la fuerza más poderosa de la Tierra! Cuando algo es tan real, ¡nadie debe ser engañado para que acepte algo menos!"

"¿Quién eres tú para decir que esto es menos?" Preguntó Bobby.

"Yo soy Eros". Se enderezó y echó los hombros hacia atrás, con tanta autoridad como pudo, sin dejar de sentirse un poco hipócrita.

"¿Y eso qué significa para mí?"

"Nada". Eros se desinfló. "Nada en absoluto".

Sin decir una palabra más, Eros salió de la oficina.

X

Cuando comenzó su carrera como distribuidor de euforia junto a su madre, Afrodita, Eros había usado flechas como su medio, al igual que el querubín degradante que llevaba su nombre. ¡En ese momento, habían cumplido bien sus propósitos! Había sido una época en la que la magia simplemente se aceptaba y los orígenes no exigían tanta investigación. Originalmente, Eros había obtenido la fórmula de los brebajes de su madre, asegurándose de diluirla lo suficiente para suavizarla. Luego cubrió las puntas de sus flechas con euforia líquida.

Una vez que su flecha golpeaba el objetivo designado (u ocasionalmente, el objetivo incidental), la fórmula se dispersaba por todo su cuerpo, llenándolos de un enamoramiento innegable por el individuo dentro de su línea de visión. Era una ciencia inexacta, pero era lo mejor que podía hacer con lo que tenía en ese momento. A medida que el mundo avanzaba y progresaba, también lo hacían los recursos disponibles de Eros. A medida que se volvía menos apropiado caminar con arco y flecha, había necesitado desarrollar una técnica nueva y más eficaz.

Después del fallecimiento de su madre, Eros había necesitado madurar y tomarse sus deberes más en serio. Si bien nunca fue designado oficialmente como el sucesor de su madre, parecía, al menos para él, ser la progresión natural. Modificó su fórmula en un producto nuevo y más adaptable. Con la ayuda de Hermes, Eros convirtió las puntas de las flechas en una sustancia en forma de polvo que, cuando se inhalaba, producía un efecto similar al del original.

La conversión de polvo sirvió bien a sus propósitos. Ahora podía medir más fácilmente el nivel de potencia del enamoramiento y, hasta cierto punto, los efectos duraderos. Si quisiera una breve experiencia de amor de cachorros, probablemente sería apropiada una pequeña dosis de polvo, usado de manera conservadora.

¿Un padre quería que su hija se enamorara profundamente de cierto individuo? Gran dosis distribuida durante un período de tiempo más largo. El polvo también era más fácil de ocultar. Eros mantuvo una pequeña bolsa llena con el polvo con él en todo momento. Había pasado mucho tiempo desde la última vez que lo había usado. Ahora, al parecer, lo usaría relativamente pronto.

XI

Eros salió de la oficina, intentando retener tanto orgullo como pudo. Fue difícil, considerando cómo lo habían tratado en Grecia y Roma. Nunca había sido realmente un dios al que la gente temía, pero al menos lo respetaban. Hubo un número significativo de personas que lo adoraron. La cultura estadounidense moderna aceptó a Cupido simplemente como un querubín regordete con pañales y flechas en forma de corazón de dibujos animados. Eso fue un paso adelante de Eros, a quien no recordaban en absoluto. Estas eran sus dos opciones: ser invisible o ser un bebé gordo, disparando dardos de amor.

Quizás era hora de recuperar el nombre de Cupido.

Mientras se abría paso entre la multitud de consumidores febriles, que gastaban más dinero del que tenían en cosas que no querrían mañana, Eros notó a la empleada con la que había hablado antes: Lindsey. Ella todavía corría desordenada. Parecía como si se estuviera acercando rápidamente a un colapso mental. Cupido se metió la mano en el bolsillo y sacó la pequeña bolsa, que estaba cerrada por un hilo dorado. Abriendo la bolsa, sacó una pequeña pizca de su contenido. Sonriendo con picardía, se coló detrás de ella. Era hora de que Lindsey se tomara un merecido descanso.

Eros esperó pacientemente hasta que terminó con el cliente al que estaba ayudando. Preparando el producto en la palma de su mano, tocó a Lindsey en el hombro. Ella giró sobre él, agresivamente, como un pitbull, solo que mucho más atractiva.

"¿Puedo ayudarte?" preguntó frenéticamente, con ojos prácticamente suplicándole que la sacara de su miseria.

Levantando rápidamente la palma de la mano para estar al nivel de su rostro, Eros sopló el contenido hacia ella. Lindsey tosió y se tambaleó hacia atrás, tratando de quitarse el polvo de los ojos.

"¿Qué?" balbuceó. "¿Qué acabas de hacer para... qué fue eso?"

Eros le sonrió con recato.

"Seriamente". Lindsey lo fulminó con la mirada. "¿Es algún tipo de perfume nuevo o algo así? ¿Eres un representante de ventas? ¡Este es un día increíblemente ajetreado! ¿Cómo se supone que debo trabajar si me detengo para probar tus productos?"

La sonrisa en su rostro nunca se debilitó, ya que Eros la miró a los ojos.

"No puedo trabajar así," suspiró.

"Déjame invitarte una taza de café," dijo Cupido, ofreciéndole el brazo. "Es lo menos que puedo hacer".

"Supongo que sí". Lindsey se rió, aceptando su brazo. "Es casi la hora de mi descanso de todos modos".

Los dos salieron con delicadeza de la tienda, caminando de la mano. Al salir, Eros escuchó el sonido del gerente, gritándole que regresara y que se mantuviera alejada de él. Lindsey ni siquiera se dio cuenta. Eros sonrió.

Aún lo tenía.

¡La conversación entre Eros y Lindsey fue realmente estimulante! Lindsey pudo mantener la compostura. Eros solo le había dado una dosis ligera; el efecto no fue extremadamente poderoso, registrándose solo como un leve enamoramiento. Ambos pudieron disfrutar de una agradable charla.

Eros se había dado cuenta de que no quería que la conversación terminara, pero había cosas que tenía que hacer. A través de la información que Lindsey había proporcionado, había determinado que la droga se encontraba en una etapa experimental y que este centro comercial era el único que se utilizaba como campo de pruebas. Si alguna vez hubo un momento para destruir la droga, era ahora.

El polvo que le había infligido a Lindsey estaba en una dosis tan pequeña que ya comenzaba a desaparecer cuando estaban a la mitad de sus respectivos cafés. No fue una decepción obvia, sino más bien una desilusión gradual. Ella dejó de mirarlo con estrellas en los ojos y comenzó a verlo con una curiosidad más casual. Para cuando sus tazas estuvieron vacías, el polvo había seguido su curso casi por completo. Lindsey estaba preparada para regresar a su trabajo y Eros necesitaba continuar con su plan. Se pusieron de pie, se dieron la mano y se agradecieron unos a otros por un agradable descanso. Al verla alejarse, Eros casi deseó poder seguirla. Realmente se veía como si perteneciera al propio Olimpo. Su cabello negro azabache caía como una sábana de fina seda, casi hasta su cintura, y el azul marino profundo de sus ojos capturaba las profundidades del alma de un hombre. Mientras Eros observaba cómo se alejaba su esbelta figura, notó menos zancadas y más deslizamientos, como agua suave que fluye por el suelo del centro comercial. Ella era una mujer diferente a la empleada estresada que había conocido antes, más liberada y libre. Eros la observó todo el tiempo que pudo, hasta que desapareció entre la multitud y continuó mirando en su dirección hasta que estuvo satisfecho de que ella no regresaría. No hacía enamoramientos, se repetía mentalmente. Había cosas que necesitaba hacer.

XII

Cuando Eros regresó a la sala de pruebas, donde enfrentaría la distribución de la droga, comenzó a considerar la conversación que tuvo con Melody, la recepcionista, hace poco tiempo. Había sido manipulador e intrigante. Había utilizado las mismas tácticas que la droga, consiguiendo que ella se conectara emocionalmente con algo que no existía. Esta droga realmente estaba haciendo exactamente lo que él hizo. ¡Quizás eso fue realmente lo que más lo ofendió! Este era su juego. Sabía jugarlo mejor y no deberían pisar su territorio.

Al entrar en la sala de pruebas, Eros fue recibido por la brillante sonrisa de Melody, feliz esta vez de verlo una vez más. De pie junto al escritorio estaba Bobby Mammon, con el ceño fruncido de forma desagradable. Eros lo miró a los ojos y un escalofrío le recorrió la médula espinal. ¡No estaba acostumbrado a tales sensaciones! El odio venenoso que brotaba de los ojos de Bobby era casi de otro mundo.

"Hola cariño," Melody dijo efusivamente, al ver entrar a Eros. "¿Cómo van las cosas con tu bailarina?"

"¿Mi qué?" Eros tropezó con sus pensamientos momentáneamente. "Oh, cierto, El lago de los cisnes. No sé si vamos a..."

"¡Ese es el chico!" Bobby lo interrumpió, señalando con el dedo en dirección a Eros. "¡Ese es el que está tratando de sabotear la fórmula!"

Melody se llevó la mano a la boca mientras jadeaba, sus ojos se expandieron al doble de su tamaño. "No," gritó. "¡No puede ser él! ¡Él es tan dulce!"

"Oh, soy yo, nena," se burló Eros, devolviendo el ceño fruncido a Bobby con una mirada fría. "Aunque, para ser justos, todo lo que estoy tratando de hacer es descubrir qué está haciendo realmente esta droga. La droga en sí misma es un sabotaje, ¿no es así? Estás engañando a la gente haciéndoles creer que se están enamorando, simplemente para hacer ventas".

"¡No tienes pruebas de eso!" Bobby le gritó. "La única prueba que presenta es circunstancial, trivial, no admisible en ningún tribunal. Además, ¡aún no has mostrado ninguna credencial! ¿Qué lo califica para saber algo sobre la técnica que estamos usando en nuestro medicamento?"

"¿Qué me califica?" Eros luchó desesperadamente por controlar su temperamento. "¿No crees que conozco la técnica que has estado usando? ¿Crees que no estoy calificado? ¡Yo inventé la técnica!"

Bobby y Melody se miraron desconcertados. Eros respiró hondo, lamentando la declaración. ¡Prácticamente se acababa de identificar! *Oh, miren todos, soy el gran dios del amor, eso es correcto, y no pueden jugar mi juego sin presentar los sacrificios adecuados, ¡así que es mejor que dejen de hacerlo ahora mismo!* Este se estaba convirtiendo en un día muy desagradable. El cigarro apagado le hacía un agujero en el bolsillo, casi haciéndolo llorar.

"¿Fue usted uno de los médicos involucrados en el desarrollo del producto?" Melody preguntó, lógicamente.

"Sí," mintió Eros, mientras metía la mano en el bolsillo para tocar el cigarro, asegurándose de que todavía estaba allí. "Vamos con eso".

Sus dedos rozaron la hebra dorada que sostenía su bolsa cerrada. La inspiración lo golpeó de repente.

"¡Tú no eres tal cosa!" Bobby gruñó. "Eres solo un hombrecito amargado, tratando de arruinar el amor verdadero por todos los demás".

"¡No es amor verdadero, estúpido hijo de puta!" Eros gritó mientras sacaba la bolsa del bolsillo de su chaqueta. "¡Ni siquiera es un sustituto de calidad!"

"¡No sabes nada sobre el amor!" Bobby gritó en respuesta.

Eros se quedó helado. La rabia en sus ojos fue suficiente para que Bobby diera un paso atrás.

"Escucha, hombre," tartamudeó con sus palabras. "Solo estaba diciendo que no deberías..."

"¿No sé nada sobre el amor?"

"No, no era mi intención...

"¿No sé la diferencia entre el amor verdadero y un falso sustituto?"

"Eso no es lo que yo..."

"¿No crees que sé acerca de fingir el amor?"

"Tal vez ambos deberían simplemente calmarse," dijo Melody, nerviosa.

"¿Quieres ver un amor falso?" Eros vació la bolsa en la palma de su mano. "¡Esto es amor falso!"

Con un movimiento fluido, arrojó la mayor parte del polvo a la cara de Bobby. Bobby tosió y parpadeó.

"¿Qué estás haciendo?" Melody jadeó.

Volviéndose hacia la recepcionista, Eros repitió la técnica en ella, vertiendo el resto del producto en su propia cara.

"¿Qué demonios fue eso?" Bobby tosió y se desempolvó la cara.

"¿Es algún tipo de perfume nuevo?" Melody jadeó.

Eros les sonrió a los dos, recatadamente. En el fondo de su mente, sabía que acababa de administrar una dosis demasiado grande, pero era mejor prevenir que curar.

"Mira, lamento lo que dije," dijo Bobby, sacudiendo la cabeza para despejar las telarañas. "Tiene razón, la empresa está usando el medicamento para facilitar la venta de mercadería. ¡No me dijeron mucho, solo que esta venta de un día era específicamente para coincidir con la prueba de drogas!"

"Guau," suspiró Melody. "¡Tu bailarina es una mujer afortunada!"

"Sabía que algo andaba mal, especialmente cuando comenzamos a hacer cola alrededor de la cuadra," admitió Bobby. "Simplemente no hice ninguna pregunta; no me pagan por ser la policía de la moralidad, ¿verdad?"

Eros siguió sonriendo.

"Me siento muy mal por las cosas que te dije," confesó Bobby. "Quiero decir, tenías razón todo el tiempo. Lo siento mucho. Déjame comprarte una cerveza para compensarlo".

"Oh, quiero ir," animó Melody, saltando en su asiento.

"Una cerveza suena bien," admitió Eros. "Primero, sin embargo, hablemos de lo que vamos a hacer con la droga".

XIII

Un perfecto anillo de humo flotaba en la brisa.

Eros se llevó el puro a los labios y dio otra larga bocanada. Él había hecho trampa. Era hacer trampa, usar su propia droga para destruir al otro. Timothy Leary solía decir que la mejor manera de destruir un sistema era desde adentro. Era similar a lo que había hecho. Al enamorar tanto a Bobby como a Melody completamente, había creado sus propios lunares. Los dos tenían el poder de derribar todo el sistema. Fue una trampa. Lo había hecho para proteger a la gente (o al menos así lo justificaría), pero no quitaba el aspecto injusto de lo que había hecho.

Bajo los efectos de su polvo, Melody había accedido a tirar las muestras restantes por el inodoro. Bobby se había quedado con una botella de muestra, accediendo a no abrirla nunca. Aceptaría devoluciones de los clientes inducidos por medicamentos que se quejaran y, si la empresa protestaba, se pondría en contacto con la FDA y les proporcionaría el frasco sin abrir. Eros, una vez más, había hecho trampa para lograr sus objetivos, como parecía haber estado haciendo, desde la antigua Grecia. Este era un objetivo menos egoísta, o al menos así aparecía en la superficie, lo que le servía para aliviar su culpa. Sin embargo, en realidad no había sido una trampa. Las feromonas y el enamoramiento eran sus dones, su "timonera", en cierto modo. ¿Realmente podría considerarse una trampa usar las habilidades que le habían dado?

Eros comenzó a pensar en Bobby Mammon. Cuando notó a Bobby por primera vez, se había mostrado reacio a usar su polvo en él, ya que parecía que Bobby había crecido acosado y manipulado. Si Bobby no lo hubiera insultado, probablemente no lo hubiera dosificado.

Melody era una jovencita deslumbrada, perdida en su necesidad de compañía y amor. Parecía cruel para él usar el polvo sobre ella también, haciéndola creer que estaba teniendo sentimientos que en realidad no tenía. Había tenido que dosificarla, debido a su proximidad a Bobby. Ella había visto lo que sucedió y necesitaba tener sentimientos similares para seguir el plan. Él era un olímpico. Incluso después de 2000 años, todo se redujo a su arrogancia. Se dijo a sí mismo que había hecho esto para ayudar a la gente. ¿Cuánto de eso fue más por su orgullo herido?

Otra bocanada del puro y produjo otro grueso anillo de humo. Se reuniría con Bobby y Melody para tomar una copa en aproximadamente una hora. Mucho tiempo para terminar su puro y pensar en lo que había hecho.

"Entonces, puros, ¿eh?" una voz familiar llegó a sus oídos. "¡Qué elegante!"

Eros se volvió para ver a la joven de antes, Eve. Se sentó en el banco junto a él. Estaba tan perdido en sus pensamientos que no se había dado cuenta de que ella se acercaba.

"Bueno," se rió Eros, relajándose un poco, "soy un tipo con clase".

"Claramente". Eve sacó un paquete de cigarrillos y comenzó a buscar un encendedor. "¿Demasiado elegante para un fumador de puros común?"

Eros buscó en su bolsillo y sacó su propio encendedor. "Como regla, sí," bromeó, ofreciéndose a proporcionarle fuego. "Para ti, sin embargo, creo que puedo hacer una excepción".

Eve rió mientras encendía el cigarrillo con su llama. "Que Caballero". Ella se sonrojó.

"No," respondió Eros. "Soy un tipo malo, malo".

"La mayoría de los chicos con clase lo son". Eve sonrió. "De todos modos, nuestra conversación fue interrumpida antes. De hecho, disfrutaba hablar contigo antes de que aparecieran los «jeans ajustados»".

"¿Vaqueros ajustados?" Eros frunció el ceño y luego recordó. "¡Oh, el chico Cupido! Sí, sus pantalones realmente estaban ajustados, ¿no es así?"

"¡No tengo ni idea de cómo estaba respirando!" Eve rió entre dientes. "Creo que deberíamos continuar la conversación ahora. Tu nombre es Erik, ¿verdad?"

Eros negó con la cabeza. "En realidad, no lo es," admitió. "Mi nombre es Er... sabes qué, mi nombre es Cupido".

"¡Se Serio!"

"Soy tan serio como el cáncer de pulmón". Cupido se rió. "Es el nombre que me dieron, y es el nombre que elijo adoptar. Entonces, cariño, supongo que la pregunta que debes hacerte es esta: ¿te gustaría ser el San Valentín de Cupido?"

Eve rió, ahogándose un poco con su humo. Cupido le puso la mano en el hombro hasta que ella se detuvo. Ella estaba sinceramente interesada en él, libre de polvo y por su propia voluntad. Se sintió auténtico y agradable.

"Esa puede ser la frase más linda que he escuchado". Eve rió.

Los dos se sentaron y fumaron juntos, riendo, hablando y realmente disfrutando de la compañía del otro. A medida que la conversación continuaba, los pensamientos sobre corazones de cartón, bebés voladores y drogas manipuladoras comenzaron a desvanecerse. Si bien Cupido sabía que probablemente no debería haber usado su verdadero nombre, Eros o Cupido, con tanta frecuencia y proximidad, pero en este momento, no le importaba.

Era el momento de recuperar el nombre de Cupido.

Fin

AGRADECIMIENTOS

Mucha gente ha sido parte de este proyecto. En primer lugar, mi madre y mi padre siempre me han animado a escribir y a soñar, por lo que son obvios. Mi mejor amigo de la infancia, Joshua Margush, me inspiró a crear y nunca aceptar el mundo que existía frente a mí como el único. Si soy sincero, Josh está en todas mis historias: es Jasón, es Morfeo, es muchos personajes. Mi colega, DM Cain, me presentó la publicación de Next Chapter y estoy muy agradecido por eso. Cat Voleur me tomó de la mano y se sentó a mi lado durante muchos momentos oscuros, y su fe en mí nunca ha fallado. También es justo que reconozca a los creadores de contenido de YouTube y a los streamers de Twitch que me han animado, entretenido, inspirado, consolado, informado y (en ocasiones) molesto: Theradbrad, Markiplier, Alyska, bunnyrockets, Frickinjenn, That_Dahlia, agirlandhergames y CelestialFitness.

Mira, sé que hay más personas a las que debo reconocer. Lo recordaré, eventualmente...

Querido lector,

Esperamos que hayas disfrutado leyendo *El Tiempo Después Del Olvido*. Tómese un momento para dejar una reseña, incluso si es breve. Tu opinión es importante para nosotros.

Atentamente,

Jonny Capps y el equipo de Next Charter

El Tiempo Después Del Olvido
ISBN: 978-4-86750-182-5

Publicado por
Next Chapter
1-60-20 Minami-Otsuka
170-0005 Toshima-Ku, Tokyo
+818035793528

6 Junio 2021

www.ingramcontent.com/pod-product-compliance
Lightning Source LLC
LaVergne TN
LVHW101918220826
846093LV00009B/291
* 9 7 8 4 8 6 7 5 0 1 8 2 5 *